じゃまもの聖女は
海神様の愛され花嫁
The bride is loved by the sea god.

じゃまもの聖王女は海神様の愛され花嫁

翔　花　里　奈
R I N A　S H O U K A

一迅社文庫アイリス

CONTENTS

CHARACTERS

ノクト

考古学者の青年。
海神にまつわる特別な品を手に入れたことで、海中でも自由に過ごせるようになったらしい。

アルフレード

ファウナの兄。
リエーレ王国の第一王子であり、近々新国王となることが決まっている。

用語説明

精霊
自然や物体に宿る霊的な存在。トリトミロスの手助けをしている水の精霊は、非常に能天気な性格をしている。

リエーレ王国
嵐が敵襲を退けたことで有名な、小さな島国。身投げした王女を海神が見初め、彼女のために祖国を守ったという逸話がある。

守り石
自身の名前が彫られた石。親兄弟から授けられる風習があり、身につけることで災厄から守られると信じられている。

海神祭
海神に感謝し加護を祈る、年に一度の祭事。ここ数年、ファウナが聖王女として剣舞を奉納している。

トリトミロス
リエーレ王国の海域を治める海神。
人間の感情が色彩として見える。
ファウナの舞を見たときから、
彼女に興味を持っていたらしい。
ファウナ
リエーレ王国の第三王女であり、
海神に身も心も捧げる聖王女。
日頃から顔の痣を隠すために
ヴェールをつけているため、
国民に顔を知られていない。

イラストレーション◆笹原亜美

じゃまもの聖王女は海神様の愛され花嫁

The bride is loved by the sea god.

プロローグ

母親から、死んでほしいと言われた。

わかりましたと答えた。

あのとき涙が出なかったことと、今、死を前にしても足がすくまないことが、自分の人生が空虚だったという証拠に思える。


黄昏時。高さのある海上舞台に膝をついた、リエーレ王国第三王女ファウナ・フェル・リエーレは他人事のようにそんなことを考えていた。

身に纏っているのは、剣舞用の衣装だ。滑らかな純白の生地と腰回りに巻かれた紺碧の布との対比が美しく、くるぶしが軽く覗くくらいの丈で、靴は履いていない。

そして、何より目を引くのは、顔を覆い隠している鼠色のヴェールである。艶やかな黄金の髪にヘッドドレスで留められているこれは、日頃から身につけているものだ。

ファウナの素顔を、国民たちは知らない。

（十六年……。十分生きたわ）

ヴェール越しに、こちらに身体を向け黙祷している民衆を見下ろす。

今みなが祈りを捧げている相手は、ファウナではなく、国の守り神とされる海神だ。

今日は年に一度の海神祭。海神に身も心を捧げる王女——聖王女であるファウナが、この舞台で剣舞を披露するのは毎年のことだ。剣舞のあと、「海神様のご加護がありますように」というファウナの声に合わせて、こうしてみなが瞳を閉じ指を組むのも例年通り。

しかし、今年はここからが違う。

聖王女が海に落ち、行方知れずになるからだ。

（さようなら、みなさん）

ファウナは立ち上がりざまに、後方へとわざと足を踏み外した。ガクン、と支えを失った身体が舞台から落下する。めくれ上がったヴェールから微かに覗いた空は、桃色に紺色が混ざった黄昏色をしていた。

（——綺麗）

仄暗かったファウナの瞳に光が差す。

しかし、それも束の間、水面に身体が打ち付けられ、誰かの悲鳴と共に視界が深い青に染まった。祈りを捧げる直前に足首に着けた鉛が、ファウナの身体を海底へと誘っていく。

ふらついて足を踏み外してしまったという演技は問題なくできただろう。黙祷を捧げていない者がいたとしても、不自然には見えなかったはずだ。

(やっと終わる)

ファウナは静かに瞳を閉じた。海水でヴェールが大きくめくれ上がり、素顔があらわになった。伏せられた睫毛は長く豊かで、すっと通った鼻筋も、ほどよくふっくらとした唇も、無駄な肉のない輪郭も、王女にふさわしい美貌を宿している。

しかし、左頬には大きな痣があった。涙袋のすぐ下から顎にかかるほど広範囲で、己の尾を抱え込むように丸くなった龍を思わせる形をしている。

国民がこの顔を見たら、可哀想だと哀れんだだろうか。それとも、醜いと顔をしかめただろうか。

(もう、どうでもいいことだけれど)

走馬灯というものは本当で、最愛の兄と過ごした幼少期が蘇って胸が締め付けられる。

(お兄様、私は決して不幸ではなかったわ。……生まれ変われたのなら、今度はあなたを苦しめない妹になりたい……)

いよいよ息が苦しくなってきた。強い眠気も襲ってきている。舞台に上がる前に飲んだ睡眠薬が、計算通り効いてきたらしい。

(もし生まれ変われるのなら……今度は……)

鮮やかな黄昏空が脳裏に広がり、やがて暗転していった。

第一章　嘘のような、本当の話

「つまんない」

ぷにっ。

(？)

頬をつつかれ、ファウナは訝しげに瞼を上げた。そして、ぎょっと瞳を見開く。

奇妙な生き物たちに、至近距離で顔を覗き込まれているのだ。

血の巡りが感じられない青白い肌。水色の長い髪は光の粒子で形作られているかのようにきらめいていて、鼻が極端に小さく、黒い真珠のような瞳は顔の半分を占めるほど大きい。

先の尖ったふかふかの耳は狐に似ていて、位置は人間と同じだ。

(これは……一体何……？)

「おきた！」

一体が舌足らずな声でそう言うと、「わあ～っ」というおっとりした歓声と共に、生き物たちが浮かび上がった。体長が猫や小型犬ほどだとわかったのだが――これはどういうことだろう。

人間の子どものような上半身が裸なのはいい。問題は、下半身が鱗と尾ひれに覆われていることだ。

「ひとみ、あか！　きれい！」

「カニみたい」

「ううん、エビ」

「イクラだよ」

のんびりとした調子でお喋りしている生き物たちを、ファウナはリエーレ王家の証である真紅の瞳で呆然と見上げていた。今さらになって、自分がベッドと思われる場所に仰向けに横たわっていることに気づく。

（これはきっと、走馬灯のような……。……名前はわからないけれど、死ぬ間際に見る幻想なのね。そうとしか考えられないわ）

ふと、視界がやけに明瞭なことに気づいた。

（――ヴェールがない）

前髪の生え際に手をやってみると、そこにいつもあったはずのヘッドドレスごとなくなっている。ファウナは青ざめた。

（どうして……）

「なんでうごかない？」

「しんでる？」

（……幻想だもの、素顔を晒していようが構わないわ）

そう自分に言い聞かせたときだ。

「あるじくる」

あるじ。――主。

脳内で変換したファウナは、とりあえず上体を起こそうとして止まる。

（なに、これ）

まるで身に覚えのない、桃色のドレスに身を包んでいるのだ。胸元にこれでもかとあしらわれたフリルといい、手元を覆い隠すひらひらとした袖といい、慎ましやかな美しさを求められてきた聖王女には無縁なものばかりだ。

さらに、顔を上げると見慣れない光景が目に飛び込んでくる。

ぼんやりとした橙色の灯りに照らされた部屋は、おそらく女性のものだろう。ドレッサーと大きな衣装棚が置かれているし、猫足の白いテーブルとそろいの椅子は丸みを帯びていて愛らしい。四方を白い壁に囲まれていて、天井には光源と思われる小さな球体がいくつも浮かんでいる……ように見えるのは、やはり幻想だからに違いない。

（私がこれほど想像力豊かだったなんて……）

まもなく、音も立てずに扉が開いた。現れた人物と視線が交差した瞬間、時が止まったような感覚に襲われる。

「目が覚めたか」

静謐という言葉がよく似合う、すらりとした長身の青年だ。

透き通りそうなほど白い肌をしていて、眉や鼻、唇の無駄のないすっきりとした造形といったら、まるで寸分の狂いなく完成された芸術品のようだ。頭頂部で一つに束ねた長い髪はまばゆい銀、前髪から覗く瞳は、青にも水色にも見える不思議な色味だ。二重の幅が広いせいか、少々気怠げな印象を受ける。

身に纏っているのは、柔らかい青緑色をした生地に金の刺繍が入った、襟付きのガウンのような衣装だ。長袖で、手首まですっぽりと隠れている。その下に胸元がゆったりとした白い胴衣を着用し、瑠璃紺の艶のある布を腰元に巻いているのだった。

ファウナには馴染みのない衣装である。それに、見た目こそ二十代半ばほどだが、もっと長い年月を知っているような――。

底知れないものを感じたファウナは、無意識に言葉を発していた。

「……神、様……」

青年がこともなげに頷く。

「さよう。私はこの海域を治める神だ」

（……。……海神様⁉）

目の前の人物には、幻想だと思っていても敬意を示さずにはいられないほどの威厳がある。

ファウナは急ぎベッドから下りると、跪（ひざまず）いて深く頭を下げた。

大理石のような床を見つめながら、ごくりと唾（つば）を呑む。

（……もしかしたらこれは、本物の海神様が、聖王女でありながら信仰深くなかった私を咎（とが）めるために見せている幻想なのかもしれない……）

リエーレ王国には、海が荒れたことで異国の侵略から守られたという記録が複数残っている。

先人たちはそれを海に住まう海神の守護だと感謝し、各地に礼拝堂を建て感謝の祈りを捧げた。習慣は今も続き、ファウナは敬虔（けいけん）な信者たちの頂点に立つ・聖王女の役割を担っていたのである。

しかし、信仰心は礼拝堂に集う者の中で最も薄かっただろう。

一度、海神なんていないと悪態をつく子どもに出くわしたことがある。そのとき周囲の信者が叱責（しっせき）したり優しくなだめたりするのを、冷めた気持ちで眺めていた。

どうだっていい。――何に対しても、必死になれなかった。

（……海神様が見せている幻だなんて、考えすぎよね。そもそも、実在するかどうかも怪しいところ……）

「顔を上げよ」

言われた通りにすると、視線が交差した。反射的に心臓が大きく跳ねてしまうほどの美貌を前にしたら、自分がさらに醜いもののように思えて仕方がない。

無意識に視線を逸らしたファウナに、海神は思わぬ言葉を投げかけた。

「死にたかったか?」

(え)

「足に重りを着けていただろう」

そう言われて初めて、足枷がなくなっていることに気がついた。

(ひょっとして、海神様が……って、これは幻想だった。混乱してきたわ)

ちらりと海神の様子を窺ってみると、彼はこちらをじっと見つめ返答を待っていた。本当に、夢のように美しい青年だ。何をしても絵になるとは、こういう人のことを言うのだろう。

(このまま黙っていたら、このおかしな時間も終わるかしら……。……私、無事に死ねているわよね……?)

不思議な生き物たちがちょろちょろと動き回っているのを横目で追っていると、二体がなんの前触れもなくカーテンを左右に引いた。

(え)

窓の向こうに広がったのは、深い青の世界だ。見たことのない魚たちが悠然と泳ぎ、ふわふわとしたイソギンチャクが幸せそうに揺れている。

（……なんて……）

この青は、どんなに優れた画家がどんなに高価な画材を使っても表せないだろう。きらきらと輝く気泡も、ヴェール越しで見たどんな宝石よりも美しい。

静かに胸を震わせるファウナの顔に、髪に、衣装に、ゆらゆらと波打つ光が映り込んだ。部屋を照らしていた灯りはいつしか消えている。

「なぜ開ける」

「なぜ？」

「なんとなく？」

「そうか」

海神と不思議な生き物二体の、なにやら気の抜けてしまうような会話が遠くに聞こえる。

（……なんて綺麗なのかしら……）

ふいに、海に落ちる直前に見た黄昏空が蘇った。

こんなふうに美しいものが、この世にはたくさんあったのだろう。あのとき、そう思ったのだ。

生まれ変わったら、それらを見てみたい——意識を手放す直前、そんな考えが頭をよぎったことを思い出す。

「……すめ……娘」

「！　はい」

「もう一度問う。死にたかったか？」

　窓の手前で腕を組んだ海神は、観察するような目をファウナに向けている。そういえば、まだ答えていなかった。

　いい言葉が浮かばないが、これ以上待たせるわけにはいかない。ファウナは正直に伝えることにした。

「死を強く望んでいたわけではありませんでしたが、死んでもいいとは思っていました」

「……ほう」

　海神は形のいい唇を緩め、蠱惑(こわく)的な笑みを浮かべた。

「生き死ににすら無頓着(むとんちゃく)とは、やはりお前は興味深い」

(興味深い？　私が？　それに、やはりって……)

　幻想だと思いつつも反応に困っていると、海神は試すような口ぶりでさらに質問してきた。

「ならば、これならどうだ。地上に帰りたいか、否か」

　この問いは簡単だ。幻想であろうとなかろうと、のこのこと帰るわけにはいかない。

「帰りたくありません」

　目を見てはっきり答えると、海神はきゅっと口角を上げた。

「よい。この部屋を与える。好きに使え」

（え？）

跪いたままきょとんとしたファウナへと、生き物たちが一斉に群がってくる。

「わ～い」

「われらもむすめ、すきにする！」

（え？　え？）

「私は外に出ている。用があれば声をかけるといい」

おおはしゃぎの生き物たちの背後を通り抜けたかと思うと、海神はあっけなく部屋を出ていってしまった。音もなく扉が閉まる。

（……これは幻想だもの。どうせ覚めるのだから、深く考える必要はないわ）

つやつやとした大きな瞳がいくつもこちらに向けられている光景の、なんと奇妙で現実味がないことか。これが現実だなんて、ありえないだろう。

「われら、せいれい。むすめのおせわする」

「ありがたくおもうがよい」

ファウナは、偉そうにこちらを見下ろしている生き物たちを凝視した。

（……精霊？　この脳天気……いえ、のんびりとした生き物たちが……？）

精霊とは自然や物体に宿る霊的な存在であり、信仰の対象としている民族もいる——というのがファウナの知るところだ。彼らは海……ひいては水の精霊ということだろう。

失礼ながら高尚な存在には見えないが、深く考えないことにした。

「よろしくお願いいたします。わたくしは、ファウナと申します」

と頭を下げながら、まだ海神に名乗っていないことに気がついた。もし現実ならば、恩恵を受けるだけ受けて礼儀も示さず、不敬もいいところだ。

「ファウナ！」

「ファウナね！」

先ほどまでの威圧的な演技はどこへやら。精霊たちは色合いの異なる尾ひれを振りながら、上機嫌で名前を連呼している。

「ファウナ、ドレスきにいった？」

「われら、つくった！」

（え……？）

「きてたやつ、びちょびちょだったから。あれ、われらもらった！」

「よいな？」

「……それは……はい。……ありがとうございます」

ひとまず礼を言ったが、この小さな生き物たちがせっせと裁縫をしているところは、まるで想像できない。

「みてみて～」

一体の精霊が、小さな両手をもみもみと動かし始めた。

「あかっぽいぴんく〜。おはな〜」

手の間にローズピンクの球体が出現したため、ファウナはぎょっと目を見張った。

瞬きをしても幻想が終わる気配はなく、精霊は粘り気があるそれを引き延ばし形を整えていく。すると、薔薇によく似た装飾の完成だ。どういうわけか、シフォンのように軽やかで、やわらかな質感をしているように見える。

(嘘……)

「ふわふわ、すき」

「つやつやリボンも」

精霊たちの手によって、瞬く間に華やかなドレスが一着完成した。

鎖骨と肩が出るようなデザインで、胸元は薔薇に似た装飾で覆われ、切り返しのウエスト部分には、帯のようなキラキラとした飾りがついている。チュールたっぷりのスカートも、気後れしてしまうほど愛らしい。

唖然としてドレスを見ていたファウナへと、精霊たちが一斉に目を向けた。

「そ〜れ！」

「きゃっ！」

ファウナは思わず悲鳴を上げた。視界がきらめく泡でいっぱいになったかと思うと、高速でくるくると回り始めたからだ。

（一体何が起きているの……!?）

胸や腹部に開放感を覚え、すぐにまた圧迫される。自分の身体が回転しているのだと気づいた瞬間、髪が引っ張られるような感覚を覚え、やがて視界が晴れた。

いつの間にか、目の前には、細長い鏡が置かれている。そこに映った自分を見て、ファウナは息を止めた。

（これは……）

どうやら、不思議な力によって早着替えをさせられたらしい。身に纏っているのは、精霊たちが今し方創り上げたドレスだ。髪まで綺麗に巻かれ、さらに、真珠の髪飾りが両耳の上辺りでキラリと光っている。

己の変わりように感動するどころか、ファウナはあまりの似合わなさに絶句してしまった。

いつも寒々しい色ばかり身につけていたことに加え、表情が暗いこともあって、華やかなローズピンクがかなり浮いて見える。それに何より、ヴェールで隠れていないせいで痣が悪目立ちしているのがいけない。

（……ドレスに似合うヴェールがほしいと頼めば、創ってくださるかしら。……いくら幻想でも、このままではいられない……）

精霊たちの方をちらりと見ると、数体が協力して、先ほどまでファウナが着ていたドレスをハンガーのようなものにかけていた。衣装棚に収納するつもりらしい。

(頼むなら今よね)

思いきって話しかけようとした矢先、残りの精霊たちが瞳を輝かせながら迫ってくる。

「どう？　どう？」

ドレスに対する感想を求められているようだ。しかし、とっさにうまい言葉が見つからない。

「とても……素敵なドレスだと思います」

「……つまんない！」

「ファウナ、つまんない！」

「あ……」

ひとりでに扉が開いたかと思うと、精霊たちはプンプンと怒りながら飛び出していってしまった。もっとユーモアに富んだ返答をすべきだったのだろうが、期待されても困ってしまうため、あれでよかったように思う。

(けれど、ヴェールを創っていただけなかった。……あら)

ふと、衣装棚が少し開いていることに気がついた。なんとなく気になったため近づいていって中を覗き込んでみると、先ほどのドレスの他に、思わず顔をしかめてしまうほど朽ち果てたドレスが数着、吊(つる)されていた。

あ、とファウナの瞳が大きくなる。

（これって、もしかして……）

リエーレには、海神にまつわる「花嫁伝説」という逸話がある。

三百年ほど前。激化する王位継承権争いを嘆いた王女が、対立する兄たちの目を覚まさせようと海に身を投げたらしい。内紛により荒れ果てた王都の状況を聞きつけた異国が、侵略の好機だと艦隊を率いて攻めてきたのはその直後だった。絶体絶命かと思われたが、海が荒れ、大艦隊を追い払ってくれたのだとか。

当時の人々は、身投げした王女が海神に見初められたのではないかと考えた。きっと彼女は海神の花嫁となり、祖国を守ってほしいと夫に頼んだのだ――と。

そしてその後も、侵略の危機が訪れるたびに海が荒れた。

小さな島国であるリエーレが戦争に加担しない不戦国でいられるのは、国防を固めるために鍛えられた強靭な海軍の存在はもちろん、「海神に守られし国」だと畏怖の念を抱かれているからなのである。

（海底で暮らす娘を想った国王が、ドレスを数着箱に詰めて海に沈めた……そんな逸話があったわね）

ファウナはあらためて部屋を見回してみた。女性が暮らしていたと考えるのが自然な、やわらかな色調の愛らしい空間だ。

（ここは、花嫁が使っていた部屋ではないかしら）

真面目に推理までしてしまって、いよいよ幻想なのか何なのかわからなくなってきた。ファウナは、麗しい海神の姿を思い出しながら、隣に立つ女性をあれこれと想像してみる。

（とびきり素敵な方だったのでしょうね）

私とは違う――。

（周りを不幸にしかできない、私とは……）

リエーレ王室は一夫多妻制だ。太古、子どもの生存率が低かった時代に、後継者を絶やさぬため取られた施策の名残である。

かつては王位継承権争いが熾烈を極めていたが、花嫁伝説当時の国王が定めた王室法典に、「人為的な血が流れることを許さず」「暗殺に類する行いをした場合、王室からの追放を含む厳罰に処す」と記されたことで、王宮の平和が保たれている。

しかし、流血沙汰はなくとも、精神的な小競り合いというものはやはりある。その顕著な例が、王妃たちの不仲だろう。

リエーレ王室には現在、王族に近い血筋の第一・第二王妃と、没落貴族出身の第三王妃――ファウナの母親が存在している。

母は元々王城に行儀見習いとして入っており、そこで当時王太子だった国王に見初められ、生家復興のためという理由もあり王妃の座に就く決意をしたらしい。そんな彼女が他の王妃たちに蔑まれるのは避けようがないことで、それは第一王子アルフレードを出産したことでさらにひどくなった。

王室法典には、王位継承順について「性別・生まれ順を問わず」「王の器たるものを指名すべし」と記されている。第一王子だからといって次期国王になるわけではないのだが、アルフレードには資質があり国王に寵愛されてしまった。そのため、母は「卑しい出自のくせに、王太后になるつもりなのか」とやっかみを受けることになったのだった。

そんな彼女は、第二子に癒やしを求め、対面を心待ちに妊娠期を過ごした。

それが叶い誕生したのがファウナだった。しかし顔に大きな痣を持って生まれてきたことで、彼女は心を病んでしまったのだ。

王女なのに醜いなんて――。

母は、ファウナを隠すことに心血を注ぐようになった。それは、出産に立ち会った医療関係者を懐柔して感染症にかかりやすく日光に当たってはいけない病なのだと発言させ、住まいである離宮にこもり自ら育児をするほどだった。

その時期共に暮らしていたのは、信頼のおける侍女一名と、七つ年上の兄アルフレードのみ。

門前に常に護衛の騎士は立っていたし離宮専属の御者もいたが、彼らとファウナが顔を合わせることはなかった。一般常識や礼儀は母から、必要最低限の学問はアルフレードから教わるという徹底ぶりだったのである。

登城したことなどないため、実父である国王とも顔を合わせることがないまま成長した。彼は娘を、そして何よりも、病弱な娘を産んだことで心を病んでしまった妻を気にかけ、療養中なのだと世間の目を遠ざけてくれていたと聞いている。

ようやく離宮から出ることができたのは、八歳の頃。

アルフレードが妹をなんとか外に連れ出そうと模索したことで、「聖王女」という立ち位置を得るに至ったからだった。

海神に身も心も捧げる、聖なる王女。素顔を見ることが許されるのは海神のみ。

質素なドレスの上から仕立てのいい紺碧のローブを羽織り、顎下まで光沢のある鼠色のヴェールで覆い隠した姿は、人々に衝撃を与えた。少女らしい愛嬌がないことも、神秘的な美貌を想像させるのに一役買ったらしい。画家たちがこぞって神々しい姿絵を描き、瞬く間に売り切れたのだと聞いている。

聖王女は、各地にある礼拝堂の司祭たちの頂点に立つ存在とされた。

といっても、ファウナの仕事は基本的に祈ることだけだった。軍の叙任式や、重要な会議の結びや行事の進行過程で、「海神様のご加護がありますように」と祈る。

友好国の重鎮を前に航海の無事を祈ったときには緊張したが、誰にだってできることだ。

唯一苦心したのは、海神祭での舞だった。初舞台に立ったのは十歳の頃で、聖王女という役職に難色を示す者たち、そして過剰に心配し続ける王妃を黙らせてみせよと、国王に命じられたものだった。

事態を知ってファウナより焦っていたのはアルフレードで、公務の合間を縫って考古学者と舞踏家を選抜し、舞の製作チームを作ってくれた。そして、そんな彼を安心させるために、ファウナは練習に打ち込んだのだった。

結果として、選抜者たちがこだわり抜いて作った舞は「花嫁伝説を実にうまく表現できている」と評判で、ファウナの舞う姿もまた、高く評価された。

成長するにつれて舞の完成度も増し、近年では祭の目玉として人気を博していると聞いていたのだ。聖王女が海に落ちるなんて、みなさぞ驚いただろう。

あれは、母の提案によるものだった。

国王は、自身の体調が思わしくないことから、今年アルフレードへと王位を継承することを宣言している。そして、新国王が誕生する年の海神祭は社交の場でもあり、他国の重鎮が招かれるのだ。彼らや国外から来た観光客の前で花嫁伝説の再来を演じ、「海神に守護された国」という印象を焼き付ければ、中立を保ち続けるための力になる。そう、母はファウナへと熱弁したのである。

そして――。

『あなたも、海神に選ばれた王女として後世に名を残すことができる。……醜いからヴェールで隠しているだなんて噂をしていた者たちを黙らせることができるのよ！　やってくれるでしょう!?』

落ちくぼんだ瞳に必死な色が浮かんでいるのを見て、ああと思った。それこそが、本当の願いか――と。他の王妃たちに認められる王太后になるために、醜い娘を産んだという汚点を、露見する前に消し去りたいのだ。

『わかったわ』

『――っ、ありがとう……。……本当に、ごめんなさい……！　美しく産んであげられなかったばかりに……っ』

華奢な腕に抱きしめられ子どものようにわんわんと泣きじゃくる声を聞きながら、ファウナはほっとしていた。

これで、母を――兄を解放してあげられる。

けれど、間違えたかもしれないという不安が、今になってじわじわと押し寄せてきていた。

（……お兄様は、ご自分を責めていないかしら）

海神に敬意を払う人だった。しかし、『妹が海に消えたのは、海神に招かれたからだ』などと考えられるほど盲目的な信者ではないし、楽観的でもない。聖王女という立場がファウナを自害に追い込んだと思い込んでいる可能性が高いように思えてしまうのだ。

ファウナは深いため息をつくと、窓の外に広がる紺碧の世界を眺めた。

魚たちを目で追ったり、きらめく気泡が消えていく様子を観察したり。しばらくは没頭できたのだが、やがて限界が来てしまう。

(あれほど、美しいと思ったのに。……夢中になれるものなんて、やはり私にはないのだわ)

諦めに似たこの気持ちを、幻想の中でまで味わうことになるとは思わなかった。

それにしても、いつになったら死後の世界に行けるのだろう。

(まさか、このままなんてことは……)

どうにも落ち着かず、ファウナはひとまず部屋を出てみることにした。

(海神様は、用があれば声をかけるようにと仰っていたもの。部屋から出ても構わないということよね?)

おそるおそる扉を開けると、海神の住まいにしてはこぢんまりとした広間に繋がった。

窓はなく、壁と床はしっとりとした白。家具は、艶のある紺碧のテーブルとそろいの椅子が二脚のみだ。ファウナが借りている部屋と同様、天井に浮かんだ小さな球体たちが、ぼんやりとした光で空間を照らしている。

ふと、壁に備え付けられた飾り棚に一冊だけ置かれた本に目がいった。

(神が本を読むかしら)

などと考えながら広間を横断し、玄関と思われる暗緑色の扉の前で足を止めた。

(……外に出た瞬間に、この幻想が終わりますように)

願いをこめてドアノブを回す。扉が開くと同時に、ファウナの瞳はきらめく青に染まった。

(わ……)

まず目に飛び込んできたのは、離れた場所を泳ぐ魚たちだ。大半が灰色や褐色などの暗い色をしているが、顎を上げてみて、浅い場所に行くにつれて明るい色の魚やカメが悠然と泳いでいることがわかった。その先には、水面に映った太陽の光がぼんやりと見える。

(……私、今ドキドキしている)

海底の景色にまだ感動できたことに感動してしまう。

この幻想世界でなら、別人のように生まれ変われるかもしれない。そんなお伽噺のようなことを考えている自分に気づき、ファウナは苦笑した。

深く息を吐き出し表情を引き締めてから、海神を探すため一歩外に出てみる。すると、裸足にふわっとしたものが触れた。

深緑色の苔が足下を覆っているのだ。住まいを中心として、まるで絨毯のように大きな円を描いて群生している。その他の場所は砂地だ。

（……苔が生えた場所には、生き物たちが入ってこないのね）

周囲を見回したファウナは、背後に建つ住まいが視界に入った瞬間、目を丸くした。

（本当に、家だわ……）

白い煉瓦（れんが）調の建物は平屋で、今し方出てきた暗緑色の扉がアクセントになっている。彩り豊かな貝殻を貼り合わせて造られた屋根が愛らしく、海底に立つ様は、まさにお伽噺の挿絵のようだ。

（ん？）

遠くから、舌足らずな声が聞こえてきた。

（精霊様の声……あちらからだわ）

ファウナは、声に導かれるようにして歩き出した。苔のふわふわとした感触を足裏に覚えながら住まいの背後へと回ると、まもなく、すらりとした海神の後ろ姿が目に飛び込んでくる。

彼は素足で砂地に立っており、周辺には精霊が数体漂っていた。彼らの胸には、空の小瓶が抱かれている。

（何をしていらっしゃるのかしら）

疑問に答えるように、海神が右手を頭上にかざした。そして呪文（じゅもん）のようなものを唱えながら、手のひらで大きく円を描き始める。繰り返しているうちに、くるくる……と黒い竜巻が現れた。

（！　あれは一体……）

竜巻が小瓶のうち一つへと吸い込まれていく。それを抱えていた精霊が瓶の口を手のひらで押さえると、黒い靄(もや)が中に閉じ込められた。おそらく、精霊の力で封がされたのだろう。

精霊は小瓶を抱いてふわふわと遠ざかっていこうとしたのだが、魚の群れにぶつかりそうになってしまった。

「あ～～！」

精霊の手を離れた小瓶が、ぷかぷかと浮かんでいく。

(……あ)

その光景を見た瞬間、あそこは紛れもなく海の中なのだと思い知らされた。

魚たちが泳いでいるし、物が浮かび漂う。海神の髪や衣装だって、海草やイソギンチャクのように緩やかに揺れているのだ。

ファウナは自分の身体を見下ろしてみた。ふわりと広がったドレスにも、下ろされた髪にも、動きはない。

(苔の内側と外側で、陸と海に分かれているみたいだわ。……不思議。さすが幻想の世界ね)

視線の先で海神が腕を伸ばし、漂っていた小瓶を掴(つか)み取った。

「気をつけよ」

「はあい」

小瓶を受け取りしっかり胸に抱いた精霊は、少し離れた場所に立つ円柱状の塔へと尾ひれを動かして泳いでいった。住まいと同じ白い煉瓦造りで、頑丈そうな両開きの扉は大きく開け放たれている。精霊が中に入っていくと、入れ替わるようにして他の精霊が出てきた。

海神の元へと向かうその手には、空の小瓶が確認できる。

（あそこは、小瓶の収納場所なのね。それにしても、あの黒い靄は一体……）

視線を感じると、海神がこちらに向かってゆっくりと歩いてきていた。

「私に何か用か？」

声をかけるように言ってくれただけあって、快く応じてくれるようだ。ほっとして気が緩んだファウナは、何も考えず彼の方へと歩き出した。

足裏に感じていたふわふわがさらさらに――苔から砂に――変わった瞬間、息苦しさを覚え身体が浮かび上がる。

「っ！」

凍えるような冷たさにぞっとしたのも束の間。海神がファウナの腕を掴み、己の胸へと引き寄せてくれた。しかし、その弾みで海水を飲み込んでしまう。

（息が）

危機感を覚えながら、ひょっとしてこれは現実なのではないかと思った――次の瞬間、視界が薄暗くなった。

唇にやわらかいものが触れて、ハッとする。

海神に口づけられているのだ。何か熱いものが流れ込んでくる不思議な感覚に襲われ、ファウナは目を白黒させた。

(海神様が、私に……なぜ……!?)

まるで見当がつかない。けれど、それさえどうでもよくなってしまうくらい身体がぽかぽかとして気持ちがいい。

唇が離れると、ファウナは至近距離にある海神の顔をぼうっと見上げた。海の色をした瞳に、吸い込まれてしまいそうだ。

(――――綺麗)

「声をかけるようにと言っただろう？　こちら側は海なのだ。不用意に入っては死を招く」

淡々と諭す海神に、艶っぽい雰囲気は皆無だ。おかげで、彼の腕の中でハッと我に返ったファウナが、口づけを交わし今も密着しているという事実に頬を染めることはなかった。

行動を咎められたのだと遅れて理解し、いたたまれなくなって俯く。

「……お手を煩わせ、申し訳ございませんでした」

「謝る必要はない。加減はどうだ？」

尋ねられて初めて、ファウナは自分の変化に気がついた。

先ほどまでとは打って変わって、楽に呼吸ができている。それに、身体がとても温かい。海神はここが海だと言ったが、不思議なことに、肌や衣類が濡れている感覚もないのだ。

「……良好です」

やはり幻想なのだろうかと思いながら答えると、海神が「そうか」と呟いた。

「確証はなかったが、うまくいったようだ。……しかし、長くはもたないだろうな。溺れ死にたくなければ、境界を越えぬことだ」

（……何がうまくいったの？　長くもたないってどういう……。境界って……？）

ファウナの脳内は、疑問でいっぱいだ。一番知りたいのはこれが現実なのかどうかだが、幻想世界の住人であるかもしれない海神に尋ねたところで解決しないだろう。

「娘。聞いているか？」

「！　はい」

「ならばよい」

突然ひょいと横抱きにされたため、ファウナは目を丸くした。

「!?　な、何を……」

「このままこちら側にいたのでは、じきに息ができなくなる」

そう言いながら下ろされたのは、苔の上だった。海神の身体が離れても、今度は自分の足でしっかりと立つことができる。

「苔の内側は陸、外側は海だと思っておけ。そうすれば、間違いは起きぬだろう」

越えてはいけない境界の意味はわかったが、疑問が残る。

「……あの」

思いきって話しかけてみると、海神が小さく首をかしげた。

「なんだ」

「うまくいったというのは……」

「私の中にある海神の力を、お前に譲渡したのだ」

(!?)

「……といっても、海中でも自由を奪われずに済む程度の量だ。それもじきに消失するため、お前が人間であるという本質になんら変わりはない」

(……水中で呼吸や会話ができる……それと、肌や髪が濡れないのも、海神様の力をいただいた影響ということよね……？　……あの口づけは、力を譲渡するためのものだったのだわ)

ざっくりと把握できたが、なぜ海の中に陸のような空間が創られているのかわからない。

(……あ。伝承の花嫁……)

彼女のために人間が過ごしやすい場所を創ったのだと、ファウナは悟った。

人間を愛し失った神の気持ちとは、どのようなものなのだろう。

美しい顔をこっそり見上げると目が合ったため、ファウナは即座に視線を外した。

「お前は、なぜすぐに顔を背けるのだ」

不思議そうな声が降ってきて、ズキンと心が痛んだ。

（……ヴェールがあれば、少しはましなのに……）

小さく唇を噛み、間を置いて答える。

「……ご存じの通り、わたくしは痣があり醜い顔をしております。なので……」

「醜い？」

俯いていてもじいっと見つめられているのがわかり、ファウナは身を固くした。

「まあよい。娘、なぜここに？」

（……特に、目的はなかったのだけれど……）

どう答えようか迷ったところで、精霊が一体やってきた。

「あるじ。じゅんばん、ぐちゃぐちゃ。みんなわかんない」

「ああ」

海神がファウナを見る。

「用がないのなら私は行く。このあたりの散策でもしているといい」

そう言うなり、彼は苔の外側へと出て行ってしまった。精霊と共に浮遊していった先は、彼らが小瓶を運び込んでいた塔だ。

その後ろ姿が、幼い子どもたちと重なる。

（やっぱり、私は変わらないわね）

屋敷に閉じ込められ育った幼少期、窓の向こうに現れる楽しげな子どもたちを眺めては、

「自分も」と願っていたものだった。いつしか羨むことはなくなったけれど、お伽噺のような世界に来てもなお蚊帳の外にいる自分に苦笑してしまう。

（……早く終わらないかしら）

目の前に広がる幻想的な海底の景色が、一気に色あせて見えた。

第二章　厄介な神様

海底にやってきてから、どれくらいの時間が経ったのだろう。月も太陽も見えないため判断のしようがないが、これは現実なのだと受け入れざるをえないくらいには月日が流れたように思う。

（やっぱり、視界が曇っている方が落ち着くわ）

ラベンダー色の生地に白いリボンとレースがあしらわれたドレスに身を包んだファウナは、細かな編み目のあるヴェールで顔を覆い隠し、住まいの外で海底の景色を眺めている。

ヴェールがほしいと思いきって精霊たちに頼んでみたところ、いいよ～と拍子抜けするほど簡単に創ってくれたのだ。新たな愛らしい衣装にも着替える羽目になったが、素顔を隠してしまえばそこまで抵抗はなかった。

（……いつまでこんな生活が続くのかしら）

何度目かわからない内容なのだが、思案せずにはいられない。

なにせ、本当にすることがないのだ。

海神の力を分け与えられた影響なのか、空腹も覚えなければ、眠くもならない。借りている部屋にベッドがあるため横たわって瞳を閉じてはみるものの、うまく眠れたためしがない。

そのため、食事も睡眠もとっておらず、生活習慣すら必要ない状態なのだ。

このままぼんやりと生きていくなんて、何の意味があるのだろう。

(ん?)

遠くから何かが近づいてきている。気まぐれな魚たちとは違って、迷いなくまっすぐこちらに向かってきているようで違和感を覚えた。

(あれは……。……人?)

見間違いだろうかと瞼をぎゅっと閉じてみたが、やはり人間だ。まるで人魚か何かのように楽々と泳ぎ、あっという間に近くまでやってくる。

苔の上に着地したその人物は、二十歳そこそこに見える青年だった。外に跳ねた無造作な栗色の髪と猫っぽい緑色の瞳が印象的で、白いシャツに革のベストを合わせ、細身のパンツに裸足という出で立ちをしている。革製の大きな肩掛け鞄を持っているのだが、不思議なことに、それを含めまるで濡れた様子がない。

(……あの人……どこかで……)

見覚えのある顔に思えて、ファウナは小さく眉を寄せた。

「あ〜!　ノクトだ!」

「ノクト、おみやげは？」

精霊たちが青年へと群がっていく。彼が「はいはい」と肩掛け鞄から巾着袋を取り出すと、それをひったくるようにして上機嫌で去っていった。

「ほんと、自由だなあ」

青年がやれやれと呟く。

（ノクト……あ！　あのときの……）

青年とヴェール越しに目が合ってしまったため、ファウナは慌てて俯いた。

「え？　……え!?　まさか、聖王女様!?」

顔をヴェールで覆い隠した女性なんて、滅多にいない。ファウナは観念して口を開いた。

「……ええ。お久しぶりです」

「わ！　覚えていてくださったなんて光栄です！　あらためまして、僕はノクト。考古学者です。殿下とは六年前、海神祭の舞の打ち合わせでご一緒させていただきました」

当時招集された学者の一人がノクトだった。直接言葉を交わしたのは僅かだったが、学者に対する堅苦しい印象を塗り替えた人物だったため、よく覚えている。

見た目こそ二十歳そこそこだが、経歴を考えるともっと年上だろう。

「その節はお力添えをいただき、ありがとうございました」

「こちらこそ！　いい経験になりました」

　ノクトが礼儀正しく頭を下げる。

（……それにしても、どうしてこの人がここに……？）

「こんなところで再会するなんて驚いたでしょう？　僕、殿下にお会いする以前に、海神にまつわる特別な品を発掘していまして。その影響で、海中でも陸のように過ごせて泳ぎも得意な……そうだなあ、ひれのない人魚？　みたいになったんです。今では、この海底も第二の故郷のようなもので……」

　質問するより先に、ノクトが説明を始めた。のほほんとした様子であるため、突拍子もない話がまるで世間話のように聞こえてくる。おかげで、そういうことがあるのかとすんなり受け入れられてしまった。

「それで……ですね」

　ノクトの表情が、神妙なものに変わる。

「陸では、ちょうど殿下の捜索が打ち切られたところでした。海神祭からふた月にわたって探してもお姿が見えないということで、海神様に招かれた……花嫁伝説の再来に違いないと騒がれています」

（！　計画通りだけれど、あれからふた月も……）

「こちらにいらっしゃるということは、本当に――」

　ノクトの言葉を遮るようにして、背後で住まいの玄関扉が開いた。

「騒々しいと思ったら。やはりお前か」

悠然とした足取りで、海神が外へと出てくる。騒々しいと言いつつも、不快さは感じられない表情だ。

「おじゃましてます……じゃなくて！　どうして、この方がここにいらっしゃるんですか。……？」

「落ちてきたから拾っただけのことだが？　なぜそのような顔をしている」

「なぜって、陸では聖王女が海神の花嫁になったって大騒ぎなんですよ？　教えてくれないなんて、水くさいじゃないですか！」

（……私がこの方の花嫁だなんて、ありえないことなのに……）

耳を塞（ふさ）ぎたいくらいだが、そういうわけにもいかない。

海神をチラリと見ると、彼は呆（あき）れたといわんばかりに肩をすくめている。それに気づいたノクトが、きょとんと首をかしげた。

「あれ？　違うんですか？」

「拾っただけだと言っただろう」

「……だけって言いますけど……。助けた人間をここに招いたことなんてないじゃないですか。どういう心境の変化です？」

ノクトの言葉に引っかかりを覚える。

(伝承の花嫁は、ここに住んでいたのよね?)

「変化というほどのものではない。単に、この娘に興味があるのだ」

「興味?」

ノクトが再び首をかしげる。海神は、なんてことない口ぶりで答えた。

「ああ。沈むよう細工をして落ちてきたというのに、死を強く望んではいなかったらしい」

(あ……)

おそるおそるノクトを見ると、彼は案の定目を丸くしている。自殺をほのめかすような説明だったのだから当然だ。

しかし、海神には悪気なんてこれっぽっちもないようで、淡々としている。

「この娘には、人間らしい欲がない。それが私の関心を引くのだ」

「……ええと……」

ノクトが、困惑気味な瞳でファウナを見た。その直後だ。

「して?　お前は、なぜあのようなものを着けていたのだ?」

海神から思い出したように尋ねられ、ファウナの心臓が大きく跳ねた。

「ちょっ!　なんてこと聞くんですか!」

「なんだ。聞いてはいけないことだったのか?」

「……はあ」

深いため息をついたノクトが、気遣わしげに声をかけてくる。

「無理に話さなくていいですからね？　その……もし……もしですよ？　あれがなんらかの陰謀に巻き込まれた末の出来事で、殿下自身が陸に戻って復讐を遂げたいだとか、誰かに何かを伝えたいだとか……そういうことなら、場合によっては協力できるかもしれませんけど……」

（……海神様はともかく、この人はリエーレ国民だもの。王妃が娘に死ぬよう命じただなんて、明かすわけにはいかない……）

ファウナは小さく息を吸った。

「お気遣いありがとうございます。……陸での暮らしについては、忘れようと思っているんです。……ノクトさんも、リエーレ王国の第三王女は死んだものと思って楽にされてください」

詮索しないでほしいとの意味を込めてそう言うと、ノクトは頷いてくれた。

「……わかりました。疑問も含め、綺麗さっぱり忘れることにします！」

明るく笑ってくれたため、ファウナも少しだけ表情を柔らかくした。海神はというと、質問しておきながら興味がなさそうな顔だ。

そして、さっさと話題を変えてしまった。

「ならば、なぜまた顔を隠しているのかという質問はどうだ？　これもならぬのか？」

興味深いと言っただけあって、やはりファウナに関心があるようだ。悪気がないのはわかっているが、何度も同じことを言わせないでほしいと若干の苛立ちを覚えてしまう。

様子を見守るようなノクトの視線にも居心地の悪さを感じながら、ファウナは仕方なしに口を開いた。

「……以前にも申し上げましたが、わたくしは醜い顔をしております。なので、海神様の瞳を汚さぬよう……」

「私がいつ醜いと言った？」

近づいてきたかと思うと腕が伸び、ヴェールがめくり上げられた。

「!?　な……」

突然明瞭になった視界に、整った小さな顔が映り込む。海のように濃淡のある青い瞳が、痣の目立つファウナの顔を遠慮なく眺めていた。

「やはりこちらの方がよい」

「っ、そんなはずは……」

「この瞳の赤は、海では見られぬ色だ。頬に宿った龍も、実に壮麗ではないか。どこが醜い」

海神の口調は淡々としていて、表情だって涼しげで。けれど、嘘は言っていないと伝わってくる。

（……醜くないの……？）

目頭が熱くなった。視界が潤んできて、ファウナはぐっと唇を噛む。

泣くなんてありえない。だって、もう何年も涙なんて流していないのだ。

「あ、あの！　僕も、見ていいですか!?」

「！　だめ……っ」

ヴェールを下ろそうとしたファウナの手首を、海神が掴(つか)んだ。

「隠すなと言っている」

「っ、でも……」

だめだと言ったのに、ノクトがひょっこり視界に入ってくる。すぐに、猫のような瞳がまん丸くなった。

隠されていたヴェールの裏側を知りさぞ驚いたことだろう。醜さに落胆したか、哀(あわ)れんでいるか。それとも、予想が的中した喜びを感じているだろうか。

素顔について、あれこれ噂(うわさ)されていたことくらい知っている。きっと、大きな火傷(やけど)の跡があるだとか、痣があるだとか、醜いから隠しているのだという推測は山ほどあったはずだ。

「……なんてことだ。……痣が龍の形をしているなんて……！」

(え？)

ノクトの瞳が、予想外にきらめいた。

「この痣って、生まれつきのものですか!?」

「……は、はい。そうですけど……」

「わあ……！　そっか、だから……なるほどなるほど……」

「ノクト」

海神が、ファウナからあっけなく手を離した。

「お前はまた。先ほどから一体何を言っているのだ」

「ああ、すみません。つい興奮しちゃって」

ノクトが眉を下げて笑う。

「痣は、運命を示すとも言われているんです。特に、生まれ持ったものには強い意味があるとされていて……殿下……じゃなかった、ファウナさんの痣は、龍によく似た形をしているでしょう？」

「ああ」

「龍は、海の守り神。彼女はこの海……きっと、ミロス様にとって必要不可欠な人なんですよ。ここで共に暮らすことになったのは、運命の導きに違いありません」

自信満々にロマンティックな見解を披露してくれたノクトには悪いが、ファウナの意識は別のところに向いていた。

「……ミロス様……？」

思わず声に出してしまうと、ノクトが大げさなほど目を丸くする。

「え？　ひょっとして、名前、まだ教えてなかったんですか？」

海神が淡々と答える。

「ああ。不便はないのだから、名前などなくとも構わないだろう」

「もう……。ファウナさん、海神様にはトリトミロスっていう素敵なお名前があるんです。僕は親しみを込めてミロス様って呼んでます」

(お名前があったのね。それにしても、神を愛称で呼ぶなんて……)

二重の意味で驚いたところで、海神——トリトミロスが突然歩き出した。方向からして、あの黒い靄を集めに行くのかもしれない。

「……全く」

すらりとした背中が消えていくと、ノクトがぼやいた。

「精霊たちもミロス様も、自由すぎて困っちゃいますよね」

(……っ)

一対一になって目が合うと、素顔でいることへの抵抗感が一気に蘇る。めくれ上がっていたヴェールを再び下ろしたファウナを見て、ノクトが首をかしげた。

「お顔、隠しちゃうんですか？」

「……はい。こうしていないと落ち着かないので」

「そうですか。残念だけど、無理強いもできないしなあ……って、すみません！　敬語が抜けちゃいました」

ノクトは研究者の血が騒ぐと周りが見えなくなるところはあるが、素直で、礼儀をわきまえた人間らしい。

「構いません。私の方が年下ですし……ここは海神様のお住まいですから。へりくだられるのも、少し……」

「そっか。たしかにそうだね。これからは敬語はやめるよ。そうすると、ファウナさん……よりも、ファウナちゃんがいいかな」

「はい」

「それじゃあ、ファウナちゃん。僕にも敬語はいらないから。あらためてこれからよろしくね」

（ファウナちゃん……。新鮮だわ。今まで、誰からもそんなふうに呼ばれたことはなかった）

少しだけ、友達ができたような気分になる。

「ファウナちゃん？」

「あ。すみません、よろしくお願いしま……あ」

「慣れるまでには時間がかかりそうだね」

ノクトが笑みを漏らした。ちらりと見た顔が思いのほか大人びていて、唐突に兄のことを思い出す。

（……聞いてみてもいいかしら？）

ファウナは、重くて苦いものを飲み込むようにして口を開いた。

「ノクトさん」

「ん？　なあに？」

「王女だったことは忘れてと伝えたあとだけれど……。……兄……アルフレード王太子殿下に、変わったご様子はない……？」

尋ねてみると、間が空いた。

ファウナが何らかの陰謀によって海に落とされたかもしれないと思っているノクトにしてみれば、ファウナが気にしているのが、アルフレードの安否についてなのか、それとも、妹を突然失ったことに対する心労についてなのか、判断が難しいからだろう。

「僕には表向きのことしかわからないけど、ちょうど昨日、国民に向けて演説をされたことはたしかだよ。僕、見てたからね。……少しお痩せになったかなとは思ったけど、いつも通り頼もしい雰囲気でいらっしゃったよ」

「……そう」

「演説の内容は、海神の花嫁になった聖王女を讃え、リエーレへの一層の加護を祈願するものだった。妹が幸せでありますようにとも祈っていらっしゃったよ」

優しい声音が胸にしみる。どんな反応をするのが正解かわからず、ファウナはぎこちなく答えた。

「……教えてくれて、ありがとう」

「どうしたしまして」

（お兄様……。私も、あなたの幸せを誰よりも祈っているわ）

「そうだ！　ここの生活、わからないことだらけじゃない？　質問があれば答えるよ！」

ノクトが明るく提案してくれたおかげで、湿っぽい空気が吹き飛んでいった。

「ありがとう。……そうね……」

真っ先に浮かんだのは、花嫁に関することだ。

「私がお借りしている部屋、とても可愛らしくて……。伝承の花嫁が使っていたんじゃないかと思っているのだけれど……合っている？」

「うん、その通りだよ」

（やはりそうなのね）

「だったらなぜ、海神様が人間をここに招き入れたことはないと言っていたの？」

ノクトはきょとんとしたあとで、小さく微笑んだ。

「長くなりそうだから中に入らない？」

誘われるがままに、ファウナは住まいへと入った。ノクトが迷いなく広間に置いてある椅子に座り、ファウナにも着席を勧める。まるで我が家かのようだ。

呆れを通り越して感心してしまったファウナが椅子に座ると、ノクトはようやく本題に入った。

「まず、花嫁伝説にある海神はミロス様じゃない。先代の海神様なんだ」

「え？」

「ファウナちゃん、神話を読んだことは？」

「……あるわ。リエーレに伝わっているものは一通り」

「そっか。聖王女様だもん、そうだよね。……神話には、神のさらに上位の存在として『創造主』が登場するでしょう？　この世界と神を創ったっていう」

「ええ」

「あれ、作り話じゃないみたい。神は創造主に使命を与えられ、生み出された存在で……」

ノクトはゆっくりと説明してくれた。

この世界の広大な海は創造主によって領域に分けられており、それぞれにつき一人、管理を担う者――海神が創造されたらしい。消滅すれば、別の神が創造されるという仕組みだ。

「消滅っていうのは、人間にとっての死と同じ。だけど僕らと違って神は不老長寿で、身体に備わった力を使い果たすことで生を終えるんだ」

そして、とノクトの話が続く。

「先代が消滅すると、次代の神が生まれる。ミロス様はちょっと例外なんだけど……そこの説明は、ご本人がいずれしてくれると思う」

（……？）

「さて。これで、ミロス様がここに招き入れた人間は他にはいないっていう説明になったかな」

トリトミロスの出自について若干のもやもやが残るが、ノクトの言う通り、本人からの説明を待つことにする。

(花嫁は先代の海神様と結ばれていたのね。……ということは……)

「……お住まいの外に生えた苔の内側は、陸に似た場所だと伺ったの。……あれは、全て先代が？」

「その通り。この住まいを含め苔の内側は、花嫁……それと先代や精霊たちも一緒に過ごしやすいよう、水でも空気でもない、両者にとって無害なもので満ちるように細工がされたって聞いてる。ちなみにここ、元々は建物なんてなかったみたいだよ」

「！　そうなの？」

「うん。定住地なんて決めずにこの広い海を点々としていた先代が、愛する花嫁との暮らしは彼女に合わせて送りたいと思った。そうして創られたのが、この住まいなんだ」

ふと、精霊たちが小瓶を運び入れていた塔が思い浮かぶ。

「外にある塔も……？」

「ああ、あれはミロス様だよ。精霊たちと一緒に創ったんだって。けっこう大変だったみたい」

「そうなの……」

彼が精霊たちとともにせっせと塔を創っている姿を想像してみようとしたが、未知の世界すぎてまるで光景が思い浮かばない。

ノクトはそのあとも、海底での生活について教えてくれた。

驚いたのは、住まいも衣装も、海神や精霊たちが創ったものは全て、水と空気に似たもの——苔の内側を満たしているものと同じだという——を編み込んで創ってあるということだ。

そのため海水に触れても濡れず、陸に出ても蒸発しない。とても使い勝手がいいため、ノクトは海に潜るときはいつも、精霊たちが創った衣装と靴を着用しているらしい。

また、ファウナが空腹を覚えず眠くもならないのは、やはり海神の力を分け与えられている影響ということだ。

「それじゃあ、僕はそろそろ陸に帰るよ。海底に来ると時間の流れがわからなくなるから、うっかりしてると何日も過ぎちゃうんだよねぇ。気をつけないと」

ノクトが席を立つのに合わせて、ファウナも椅子から腰を浮かせた。

「色々と教えてくれてありがとう。……助かりました」

「いえいえ。さっきも言ったけど、ここには食料がないからね。お腹が空いてきたら、ミロス様に力を分けてもらうんだよ？」

（……口づけをしてほしいということになるもの。言えるはずがないわ。……限界が来るまで

我慢しましょう)

「わかった?」

「……ええ」

「本当かなあ?　今度来るときには、何かつまめるものを持ってくるから楽しみにしてて」

朗らかに笑い、ノクトは住まいを出ていった。その背中を見送って自室へと戻ると、すぐに、鏡に映った自分に目がいく。

やはり、ヴェールで顔を隠したこの姿が落ち着くと思った。

(私の顔が美しいだなんて……。海神様は、人間とは違った感覚をお持ちなのね)

ノクトも、予想のどれとも違う反応をしていた。

龍の形をした痣には特別な意味があると、いかにもな顔で解説していた彼の姿を思い出して苦笑する。自分が偉大なる海神にとって不可欠な存在だなんて、どうして信じられるだろうか。

(まさに、幻想小説だわ)

ファウナは小さく息を吐き出すと、窓辺まで歩いて行った。

そうしてしばらく景色を眺めていたのだが、さすがに感動が薄れてきてしまっているようだ。

(……何か仕事をもらえないかしら。すべきことがあれば困らないもの)

思いきって海神に会いに行くことにした。しかし、自室を出る直前で足が止まる。

(ヴェールは外していった方がいいのかしら)

ヴェールを留めている真珠のヘッドドレスに手を伸ばし、指先が触れたところで、やはりやめておこうと腕を下ろす。

（……なぜ隠すのかと聞かれただけで、素顔でいてほしいなんて言われていないもの）

結局顔を隠したままで扉を開くと、広間にトリトミロスの姿があった。先ほどファウナとノクトが使っていたテーブルセットに腰掛けており、こちらに背中を向けている。

（いつ見ても、本当に綺麗……）

頭頂部で結い上げられた髪の滑らかさについうっとりしていると、視線に気づいたトリトミロスがこちらを振り返った。目が合った瞬間、ファウナはすぐさま斜め下を見る。

しかし、彼が書物を開いていることはしっかりと確認できていた。

「……読書のじゃまをしてしまい、申し訳ありません」

「謝罪の必要はない。絵を眺めていたに過ぎないからな」

どうやら、手元にあるのは絵本らしい。

「……そうでしたか」

会話が終わってしまった。ノクトならこんなことはないだろうにと、少し虚しくなる。

俯いたままでいると、カタン、と椅子が動く音がした。

顔を上げてみて、ファウナは息を呑む。本をテーブルに置いたトリトミロスが、こちらに向かってきているのだ。眉を小さく寄せ、怪訝そうな顔をしている。

「またか」

ファウナのすぐ手前で足を止めた彼は、腕を伸ばすと、何の断りもなくヘッドドレスごとヴェールを取り去ってしまった。さらに、ぽいっと背後に投げ捨ててしまう。

「!?」

目を丸くしたファウナの顎（あご）を、トリトミロスがくいっと持ち上げた。

穴が開きそうなほど、じっくり眺められている。耐えられないほどの至近距離だ。顔を背けたいのに顎を固定されているせいで叶（かな）わず、ファウナは必死に視線を横に向かわせ息を止めた。

（早く終わって……！）

「隠すなと言ったはずだ。今後、あの布を精霊たちに創らせることは禁止とする」

ようやく解放されたファウナは、これでもかというほど目を見開いた。

「そんな……っ」

「海神の命だと言えば逆らえぬだろう？　その代わり、これをやる」

トリトミロスはテーブルに置いた本を手に取ると、ファウナへと静かに差し出した。

「退屈しのぎにはなるだろう」

（え？）

思わぬ展開だ。動揺が、ヴェールを禁止された不満を上書きする。

ファウナは困惑気味に口を開いた。

「……けれど……」

「お前ら人間は見返りというものが好きだろう？　真似(まね)てみたのだが、これでは不服か？」

「いえ。不服というわけではなく……その……もうお読みにならなくてよろしいのですか？」

「ああ。これは以前ノクトから芸術鑑賞用にともらったものだが、もう十分に堪能したからな。そもそも、私に人間(ひと)の文字は読めぬ」

（内容は気にならないのかしら。……そうだわ）

差し出されたままの本を小さく会釈して受け取ってはみたものの、もやもやしてしまう。

自分では名案だと思うのだが、どうだろう。

（何か、すべきことがほしいもの）

浮かんだ考えを、ファウナは思いきって伝えてみることにした。

「もしよろしければ、お読みいたしましょうか？」

トリトミロスがきょとんとした表情を浮かべる。無防備な一面を見たようで、つい凝視してしまった。

（愛らし……）

ファウナはハッと我に返り、足下に視線を落とす。

「差し出がましいことを申しました」

「頼む」

「え」

「驚くようなことか？」

(受け入れてくださった)

ファウナの赤い瞳が、十六歳の少女らしくきらめいた。

すると、トリトミロスが目を見開き――。

「……見えた」

蠱惑的な笑みだ。妖しげな美しさに思わずドキッとしてしまったのだが、何が見えたのかまるで見当がつかない。

「あの……何が……」

「色だ」

「……色……？」

「私には、人間の感情が色彩として見える。顔を覆い隠しているとき、お前は無色だった。それが今、歓喜の色を宿したではないか」

話の内容を理解したファウナは、たちまち耳まで真っ赤になった。

今まで何もかも隠してきたというのに、顔だけでなく感情まで丸見えだなんて。これ以上恥ずかしいことがあるだろうか。

「ふふ、今度は羞恥か。……そうだ。お前にひとつ、仕事を与えよう」

（！　これで手持ち無沙汰ではなくなるわ）

助かったとほっとしていると、トリトミロスが思わぬことを口にした。

「お前が色づいていくところが見たい。――隠すな。全て見せよ。これが仕事だ」

（え）

ファウナは、目を丸くして声を失った。きっと動揺や絶望の色が浮かんでいるだろうに、海神は知らん顔だ。

「さて、それを読んでもらおうか」

「……」

「なんだ。読まぬのか？」

「！　読ませていただきます」

我に返ったファウナは、目線で示された椅子に「失礼します」と腰掛けた。トリトミロスは、すぐ横に座っている。

（……今は、目の前のことに集中しましょう）

「では」

ファウナはよく手入れされた指で、しっかりとした作りの表紙をめくった。

すぐに、リエーレ国民なら誰でも知っている話だとわかる。

（『海の愛し子』だわ）

母親を海にたとえた童話だ。

彼女たちは時に激しく我が子を叱りつけ、時には、髪をそっと撫でて頬に口づけ、あたたかな抱擁をする。海も同じだ。嵐に荒れ狂い人々を怯えさせながらも、その心を癒やしてくれるのはまた、夕日に照らされあたたかな光を纏った海でもある。

色々な顔を見せ、命の源泉ともいわれる海はまさに大いなる母そのもの。海に抱かれた島国リエーレは、母親の腕の中で眠る赤ん坊のように幸せに満ちているのだ。

「以上です」

ファウナは絵本を静かに閉じると、隣に座るトリトミロスの表情を盗み見た。いつしか頬杖をやめ本に見入っていた彼は、何やら思案顔だ。

(海神様?)

「一つ、確認したい箇所がある」

「……どこでしょうか……?」

「ここだ。赤子に石を授けて、何の意味があるのだ」

彼がページをめくり指さしたのは、母親が赤ん坊の首にペンダントをかけている挿絵だ。首紐に通された丸みを帯びた青い石には、文字が彫り込んである。

仕事だと思えば、ファウナは堂々と振る舞うことができた。滑らかに話し始める。

「この石は守り石と呼ばれるもので、その子の名前が彫られています。祖国では、この石を身につけていると、災厄から守られると信じられているのです」

　太古から伝わる風習であるため、リエーレ国民であれば大半の者は守り石を持っている。美しい石に一流の彫金師が名前を彫り込んだものもあれば、路肩の石にナイフで名前を彫っただけの簡素なものもあるだろう。形はどうあれ、守り石は愛されているという証だ……というのが国民の一般的な考え方だった。

(私はそうは思わないけれど)

「なるほど。お前も持っているのか？」

「はい。しかし、今は手元にありません。陸に置いてきたので……」

「そうか。死ぬつもりでいたのだから、守護など不要だな」

　納得した様子のトリトミロスが、絵本へと再び視線を落とす。

　置いてきたと言ったが、実際には、海神祭の前日に捨ててしまった。死ぬつもりだったから、というよりも、生を終えるときに身につけていたいと思わなかったからだ。

「しかし、わからぬ。所詮はただのまじないだろう？　ただの石に、身につけた者を守護する効果があるなどと、心から信じてはいまい。何故、意味がないとわかっていながら行うのだ」

　海神は、心底疑問だという顔をこちらに向けている。見つめ合うのにはやはり抵抗があり、ファウナは彼から絵本へと視線を落とすと、考えをまとめながら答えた。

「授ける立場になったことがないため、憶測に過ぎませんが……きっと、藁にもすがる思いなのではないでしょうか……？　ほんの少しでも我が子の幸福な時間が増えればいいと、切望しているのだと思います」

「……。そうか」

トリトミロスはぽつりと呟くと、自身のゆったりと開いた胴着の胸元に手を入れ込んだ。

今まで気づかなかったが、ペンダントを身につけていたようだ。彼は飾りの部分を握ってそれを外すと、何故かファウナに差し出してきた。

開かれた手のひらに載っているのは、青と緑が混じり合った不思議な色合いの石だ。内側に、金色の粉が星くずのようにちりばめられている。

（とても綺麗……。上等な品ね。素人（しろうと）目にもわかるわ）

「記憶が芽生えた頃には、すでに身につけていたものだ。これは、守り石だろうか」

「え」

「手に取って構わない。確認してくれ」

守り石だとして、どうして海神が持っているのか。疑問に思ったが、ひとまず確かめてみることにした。

「失礼いたします」

親指と人さし指で石をそっと掴み、顔の前に運ぶ。くるりと回すと、そこには丁寧に文字が彫り込んであった。

（え）

目を疑った。記されているのが、王家に伝わる秘匿文字だったからだ。しかも、海神の名前が記してある。

「あの……これは……」

「なんと彫ってある」

「……トリトミロス、と彫ってございます」

「やはりそうか」

この文字を使えるのは、リエーレ王家の者だけだ。ここで暮らしていた該当者は、ただ一人であるはず。

「私は、先代の海神が人間との間にもうけた子だ」

（――!?）

ファウナは目を丸くした。対するトリトミロスは、相変わらずの涼しげな表情だ。

「神の子を産むという負荷に耐えられず、その人間は出産を終えてまもなく死んだらしい。彼女を蘇らせようとした先代も、死者の世界に魂を取り戻しに向かい消滅した。そう、精霊たちから聞いている」

ノクトから、神は創造主によって生み出されるのだと聞いた。あのとき、トリトミロスは例外だと言われた意味が、今わかったのだ。

けれど、靄は晴れない。そこどころか、濃さを増していく。

（ご両親を失ったあと、海神様はどうやってお育ちになったのかしら……。名前は精霊様たちから聞いたの？　神が子を成すことは普通のこと？）

質問が次々に浮かんでは、軽々しく聞いてはいけないと消えていく。結局、「そうなのですね」とだけ返して会話は終わった。

しかし、喉(のど)の奥に引っかかりを覚える。

（トリトミロス……『幸福の海』）

字の組み合わせを見て、名前に込められた意味がわかった。これは、たとえ守り石を見ていたとしても、王家の人間ではないノクトには読み取れないことだ。

ならば、トリトミロスは当然知らないだろう。伝えた方がいいのだろうか。

（わからない）

ずっと決められたことだけをこなしてきた。自分の頭で考えてこなかったツケが回ってきたのだと痛感せざるをえない。

「そうだ。この機に伝えておこう」

トリトミロスが、思いついたように話し始めた。

「お前らが崇拝する救国の海神は先代のこと。それに加え、私は人間の血を引く半神だ。過剰にへりくだる必要はない」

「……しかし……こうして、とてもお世話になっております」

「？　世話をした記憶はないが……。まあよい。次はお前の番だ」

「え？」

「お前に興味があるのだ。生い立ちでも何でも構わぬ、話してくれ」

トリトミロスは、ファウナが話すものと疑っていない。腕を組み尊大な様子でこちらを見ている彼は紛れもなく神の威厳を持っていて、とても抵抗する気にはなれなかった。

「……うまく話せるかわかりませんが……」

「優劣をつけるつもりはない」

どうしたって気持ちは変わらないらしい。

(感情は読み取れても、全てを見通せるわけではないのね)

少々恨めしい。ファウナは気持ちを静めようと、小さく息を吐き出した。

「……わたくしは、海神様のお母様の故郷である、リエーレ王国の第三王女として生まれました。生まれつきこの痣を持っていたので、美しくあるべき王女にはふさわしくないと離宮に隠され育ったのです。……成長してからは、顔を隠していても不自然ではない役目を与えられ、外に出されましたが……」

「役目とは？」

(これは、私の生い立ちを説明する仕事……)

そう自分に言い聞かせ、言葉がよどまないよう意識する。

「畏れながら、海神様に心身を捧げる『聖王女』という役割です。兄が考えたもので……ヴェールで顔を隠すのは海神様のみにお見せするため。仕事は、大きな催しの場などで『海神様のご加護がありますように』と祈るのみでした」

「あの舞は？　海に立つ舞台で踊っていただろう」

ファウナは息を止めた。

(どうしてご存じなの？)

「ノクトに見てほしいものがあるとしつこくせがまれたのだ」

驚愕と疑問の色を読み取った海神が、世間話でもするような軽い口調で続ける。

「海神祭……だったか？　そのたびに見ていたが、お前の背丈が伸び舞が成熟していく様は実に面白かった。唯一、布の向こうの顔を覗けぬのがつまらなかったが」

(なんてこと……)

初めて舞ったのは十歳の頃だ。ひょっとして、あのときから見られていたのだろうか。

ノクトと一緒に陸を訪れたのだろうか。それとも、地上を覗く道具でもあるのか。

(恥ずかしい)

思わず俯くと、トリトミロスがすかさず指摘してきた。

「隠すなと言ったはずだ」

「……はい」

ファウナは仕方なく顔を上げた。おそるおそるトリトミロスの目を見ると、ふっと笑みが漏れる。

「できるではないか」

トリトミロスが、滑らかな手でファウナの痣をそっと撫でる。

こんなふうに触れられたのは初めてで、全身に甘い痺れが走る。瞳を細めた表情も優しげに見えてしまって、ファウナは反射的に顔を背けた。

「褒めたばかりだというのに」

トリトミロスが不満げな声を漏らす。

「触れられるのは嫌ではないだろう？　嫌悪の色は見えなかった」

（ああもう……顔だけでなく心も隠せないなんて）

なんて厄介なのだろう。ファウナは頭を抱えたくなってしまったのだった。

＊　＊

そして。

絵本の読み聞かせをしてから、着替えを二回済ませた頃。さらに厄介なことが起きた。

「おじゃましま～す！」

（ノクトさんの声だわ）

　繊細なレースがあしらわれたラベンダー色のドレスに身を包んだファウナは、明るい声を聞き、部屋から小さく顔を出した。ヴェールは禁止されてしまったため素顔なのだが、まだ慣れそうにない。

「いやあ、まさかミロス様が本をたしなむ日が来るなんて」

　ノクトは感慨深そうに肩掛け鞄から本を次々取り出しては、テーブルの上に並べている。

　ファウナの視線は、ひとりでにトリトミロスへと向かった。椅子に腰掛けた彼は、興味深そうに本を眺めている。

（ノクトさんの口ぶりだと、海神様が本をご所望になったということよね？　……また読ませていただけないかしら）

「ほう。どれも美しいな」

「でしょう？　僕、装丁が凝っている本を集めるのが好きなんです。もしよければ読みますよ。今日(きょう)は時間もありますし」

「それには及ばぬ。娘に頼もうと思っていたのだ」

（！）

「え～、ずるい。そもそも僕、前から読んであげますよって言い続けてきたのに！　いつも断ってたじゃないですか。なんでです？」

「そのやかましい声では、想像も膨らまぬだろう。その点、あれの声は耳に心地よいのだ」

嬉しかった。まさか、そんなふうに思ってくれているなんて。

（……声を褒められたのなんて、初めてだわ）

「ちぇ～」

子どものようにむくれるノクトを見て、トリトミロスがくすりと笑った気配がした。しかしちょうど髪に隠れて顔がよく見えず、少しだけ残念に思う。

「仕方ないから、ファウナちゃんに譲ります。……あ、この本が特におすすめですよ！　ミロス様の知りたがっていたことがわかるかもしれません」

指し示された本は、ワインレッドの表紙のものだ。

「なんと。書物を通して理解できるというのか」

「はい、少しは。体験するのが一番ですけどね」

（海神様が知りたがっていること……？　一体何なのかしら）

「それじゃあ僕、精霊たちのところに行ってきます。お土産持ってきたので。ああ、あとこれ。ファウナちゃんに」

鞄から小さな麻袋を取り出し机に置くと、ノクトは軽やかな足取りで去っていった。

（何かしら？）

疑問に思いつつ、トリトミロスの束ねた髪がサラリと揺れたのを見た瞬間――。

「何をしているのだ？」

身体を軽くねじって振り返った彼と、視線が交差した。

「ノクトさんの声が聞こえたので、お顔が見られればと……」

心にもないことを言ってしまった。

(ごめんなさい、ノクトさん)

「そうであったか。精霊たちのところに行ったようだから、じきに戻るであろう」

沈黙が落ちる。しかしファウナは立ち去らず、そわそわしながらそのときを待った。

(本を読ませていただけるのよね……？)

「それはそうと、本が届いたのだ。読んでくれ」

「！　かしこまりました」

待っていた言葉をもらえ、つい語調が明るくなってしまった。単純なもので、自分の発した声が本当に心地よい響きに思える。

トリトミロスがふっと笑った。

「ずいぶんと素直ではないか」

頬杖をつきながらこちらを眺めている彼の表情は楽しげで、それを見たら、胸の辺りがむかむかとしてきた。

(私の表情を引き出すために、わざと喜ばせるようなことを仰っているの？)

「ん？　何が気に入らぬのだ？」

どうやら、可愛くない感情が色に表れてしまったらしい。

(気に入らないなんて、そんなことは……)

「……申し訳ありません。自分でもよくわかりません」

「そうか」

聞いておきながら素っ気ない反応のトリトミロスに、今度はもやもやを覚える。そんな自分が不可解で落ち着かず、ファウナは強引に話を変えることにした。

「どちらの本にいたしますか？」

尋ねてみると、すぐに答えが返ってくる。

「これがよい」

長い指で示されたのは、先ほどノクトに薦められていた本だった。

話題を逸らせたことにほっとしながら、トリトミロスの隣に置かれた椅子に許可を取って座る。そうしてファウナは、レースがあしらわれた袖口から出た手で本を開いた。

「では、お読みします」

(どういった内容なのかしら)

ファウナは特に身構えることなく朗読を始めた。しかし、途中で気づいてしまう。

（これ、恋愛小説なのでは……？）

予感は的中していた。ページをめくるごとに、情熱的な台詞（せりふ）や描写が増えてくる。

幼少期、ファウナの部屋にはたくさんの本が置かれていた。しかし、大衆小説だけは含まれていなかったのだ。さらには聖王女という立場上、恋愛はしたことすらない。主人公の男女の行く末は気になるものの、あまりに免疫がないため口に出しながら赤面してしまう。

とても恥ずかしいし、何より困るのは、トリトミロスがこまぎれに質問を投げかけてくることだった。なんとなくわかってはいたが、彼は涼しげな見た目に反して、とても知りたがりな気質らしい。

「『ジャンヌが顔を上げる。涙に濡れた瞳を見て、フランシスは絶えきれなくなったようだった。思いきり抱き寄せ……』」

「待て。フランシスに一体何があったのだ。絶えられないとは痛みか？　いつ怪我（けが）を？」

「……いえ、そういうわけでは」

「だったら何なのだ」

ファウナは、ごにょごにょと答えた。

「こ……恋心を、抑えられなくなったのでは……？」

「わからぬ。恋心とは一体何なのだ」

（私にもわかりません！　何せ、恋などしたことがないのですから！）

今すぐこのおかしな読み聞かせを放棄したくなったが、そういうわけにはいかない。トリトミロスの知りたがっていたことが本当に恋愛——おそらく人間の心の機微だろう——だったのかもしれないし、彼はすっかり物語に没頭してしまっているからだ。

(さっさと終わらせてしまいましょう。それしか方法はないわ)

釈然としない面持ちのトリトミロスには悪いが、ファウナは続きを読み始めた。

「抱き寄せ、唇を……」

「待て。恋心についての説明が済んでおらぬ」

ファウナは盛大にため息をつきたい気持ちを抑えて、口を開いた。

「恋心を抱くというのは、相手を思うと鼓動が速くなったり、相手のことしか考えられなくなり何も手につかなくなることです」

一般的な解釈を伝えると、トリトミロスはほうと頷いた。

「まるで病のようだ」

「ええ。仰る通り、恋の病という言葉もあるほどです」

「なるほど……」

素直に感心しているトリトミロスを見ていたら、疑問を抱かずにはいられなかった。

「……海神様は、人間の感情にはお詳しいのでしょう？　そこに、恋愛感情は含まれていないのでしょうか……？」

「ああ。恋愛というのは、実に複雑な感情が絡み合ってなされるものだろう？　故に理解が難しいのだ。妬みや独占欲に囚われている者もいれば、満たされ意欲に溢れている者もいる。……恋愛の何がそこまで人を変えるのか。私はそれが知りたい」

瞳が遠くを見つめている気がして、胸がざわつく。

（もしかして、ご両親のことを考えていらっしゃるの？）

寂しさからなのか、単なる興味なのか。どうか後者であってほしいと願う。

「納得できたであろう？　続きを頼む」

そうして、恋愛経験皆無な者には難易度の高い読み聞かせが再開された。

やがてジャンヌとフランシスが無事に結婚までこぎ着け、ハッピーエンドを迎える。顔から火が出そうなほど熱い台詞の応酬に、ファウナの疲労は限界に達していた。

「実に興味深い物語であった。特に最後の、結婚式というものが……」

トリトミロスが静かに盛り上がっているが、感想がうまく耳に入ってこない。

（ようやく終わったわ……）

「どうした？」

「申し訳ありません。少々疲れてしまいました」

正直に不調を伝えたのは、朗読会をお開きにするためだ。もう一冊恋愛小説を選ばれるという最悪の未来は回避したい。

「……そうか。こちら側に留（とど）まっているとしても、補充は必要なのかもしれぬな」

トリトミロスは神妙な面持ちで呟いたかと思うと、テーブルに肘を置いてファウナへと顔を近づけてきた。力の補充をするつもりなのだと察したファウナは、意を決して瞳をぎゅっと閉じる。

（これは事務的なもの……）

自分に言い聞かせた直後、唇に熱が灯（とも）った。意識するあまり強ばってしまっていたのかもしれない。前回とは違って、トリトミロスの舌が歯の間を割った。

途端、熱いものが一気に流れ込んでくる。

（……っ、だめ……。もう、これ以上は）

体中をめぐっていく熱にくらくらし始めたファウナは、救いを求めるようにしてうっすらと瞳を開いた。

至近距離に整った顔がある。瞼を閉じた表情が妖艶（ようえん）だと思った瞬間に唇が離れ、トリトミロスが瞳を開く。目が合ってしまったため、ファウナは慌てて顔を背けた。

耳まで真っ赤になったファウナを、トリトミロスは小さく首をかしげて眺めている。

「焦燥……？　なぜ……」

（なぜって……）

「……その……。……恥ずかしくなってしまって」

まさか口づける表情に見とれていたとは言えない。ごまかせたかどうか不安だったが、トリトミロスは「ふむ」とのんびり顎に手を当てている。どうやら信じてくれたようだ。

「そういうものか。ああ、そうだ。ノクトからこれを預かっている」

もう前の会話に興味を失ったらしい。トリトミロスは椅子に座ったままで腕を伸ばすと、テーブルの端に避けてあった麻袋を引き寄せた。

「開けてみるといい」

突然口づけてみたり、質問しておきながらあっさり話題を変えたり……なんて自由なのだろう。ファウナはため息をつきたくなりながら、麻袋を手に取った。

「失礼します」

袋の口を開いて覗き込んでみると、たわわに実った葡萄が一房入っている。

枝についた状態のものを見るのは初めてだ。鮮やかな紫色をしていることもあって、やけに美味しそうに見える。ファウナの喉がゴクリと鳴った。

「中身は何だ」

「葡萄という果実です」

ファウナはトリトミロスが観賞できるよう、麻袋から葡萄を取り出した。

声も出さずにじっと実を眺めている姿は、感情の色が見えなくてもわかるほど、好奇心に満ち溢れている。

ファウナは、迷った末に提案してみることにした。

「もしよろしければ、召し上がってみませんか？」

トリトミロスの瞳が瞬く。

「私がか？」

「はい」

「……食事など、したことはないが……」

意外なことに、彼は迷っているようだった。しかし、やはり好奇心には勝てなかったらしい。

「食してみよう」

「わかりました。少しお待ちくださいね」

皿の代わりということで麻袋をテーブルに置き、その上に葡萄を載せる。早速枝から一粒つまみ取ると、トリトミロスへと差し出した。

「どうぞ。このまま食べられますよ」

リエーレ産の葡萄は皮が薄いのが特徴で、国外でも人気があると聞いている。

「うむ」

手のひらを出してくれたため、その上に紫色の実をそっと載せた。つやつやとした皮が、照明を浴びてきらめいている。まるで宝石のようだ。

「ほう……なかなか美しいな」

トリトミロスはしげしげと実を観察すると、やがて口に含んだ。そのまま固まっているため、ファウナは小さく苦笑する。

「噛んでくださいね？　そのまま飲み込んだら息が詰まってしまいますので」

そう言われて初めて、トリトミロスはもぐもぐと口を動かし始めた。それがなにやらリスのように見えて、ファウナの表情が柔らかくなる。

(なんだか愛らしいわ)

自分がふぬけた顔をしていると気づいたファウナは、ハッと表情を引き締めた。

(……見られずに済んでよかった)

さすがのトリトミロスも、今は初めての食に夢中で、ファウナの表情は目に入っていないらしい。ごくりと、くっきり浮き出た喉仏が上下する。

「いかがでしたか？」

「……美味しかった……のだと思う」

初めて聞く曖昧な口ぶりに、また愛らしいという気持ちが押し寄せてくる。永い時を生きているだろうに、まるで子どもみたいだ。

「もう一度試してみよう」

「かしこまりました」

差し出された手のひらに、また葡萄を一粒運ぶ。

「お前も食すといい」

せっかくなので言葉に甘えることにした。「いただきます」と房から一粒取って口に含む。

皮に歯を立てると、ぷちっという音とともに瑞々(みずみず)しい味が広がった。

(まあ！　とても美味しいわ)

「よい顔だ」

満足そうに言われて恥ずかしくなったが、心はぽかぽかとあたたかい。

思えば、こんなふうに誰かと食事をするのは久しぶりだ。幼少期は母とアルフレードと食卓を囲んでいたが、聖王女になって離宮の外で過ごす時間が増えてからは、ヴェールの裏側を見られぬよういつも一人で食事をしていた。

ちらりと盗み見ると、トリトミロスは一生懸命口を動かして咀嚼(そしゃく)している。

(海神様と葡萄を食べているなんて、これほど不思議なことがあるかしら)

ファウナが今感じているのは、畏怖(いふ)とはかけ離れた穏やかな気持ちだ。そんな自分にも驚いてしまう。

咀嚼を終えたトリトミロスが、ゆったりと口を開いた。

「食事とは面白いものだな。人間の血を引いているというのも悪くない」

彼は、自分には味覚がないと思っていたと教えてくれた。

そうして差し出された手に、また一粒葡萄を運ぶ。

瑞々しい、甘い、など味にまつわる表現を教えながら繰り返しているうちに、ファウナはふわふわした心地になっていった。久しく触れてこなかった、あたたかく明るい雰囲気に包まれていることを実感する。

（……本当に不思議ね。とても楽しいわ）

二人で最後の一粒まで平らげると、トリトミロスも満足げにこう言ったのだった。

「またノクトに持ってこさせよう。次は何の果実がよいだろうか？」

顔から火が出るような朗読をし葡萄を共に食べたのは、どれくらい前の話なのだろう。

あれから、トリトミロスと共に過ごすことが増えた。本を読み聞かせ、ノクトが持ってきてくれた果実を楽しむ。

そして、その穏やかな時間は、ファウナにとある変化をもたらした。

(海神様のお役に立ちたい)

そう考えて真っ先に思い浮かんだのは、彼が精霊たちと収集している黒い靄だった。

初めてあの光景を見たとき、精霊は何かに困っている様子だった。それに、近頃様子を見に行ったときも、同じような会話が聞こえてきたのだ。そして海神は、以前と同じように靄の収集を中断して塔へと向かっていた。

もしかしたら、ファウナにも手伝えることがあるかもしれない。

今申し出たところで足手まといになるだけだが、緑の領域の外でも自立して動けるようになれば、同行を許可してもらえるはずだ。

そのためには、まず、自分の力量を知ることから始めなければならない。

海神の力を与えられた今の状態なら、あちら側でも問題なく歩けるのかどうか。遊泳の経験がなくとも泳ぐことができたならまさに奇跡だが、それほどうまくはいかない気がする。

(万が一浮かんでいってしまったら大変だもの。何かを支えにして、足が地面から離れないようにしなければ……。……杖(つえ)はどうかしら)

まさに今、部屋には精霊たちがいる。

アプリコット色のドレスに着替え終えたばかりのファウナは、ふわふわと近くを漂いながら「かわいいね」だとか「もっとリボンつけたい」だとか語り合っている彼らに、杖の創作を頼んでみることにした。

以前ヴェールも気軽に創ってくれたため、問題はないはずだ。

「あの」

「？　なあに～？」

ファウナが自分から話しかけるなんてとても珍しいのだが、精霊たちはそういったことは全く意識していないらしい。呑気(のんき)な雰囲気のまま、そろって首をかしげている。

「もしお手数でなければ、杖を創っていただけませんか？」

「……？　おてすうってなに？」

「なんか～、まえもいってた～」

「面倒でなければ、という意味なのですが……」

「ん～。よくわかんない」

「でも、つえ、つくるよ」

「つえってなに？」

「せんだい、つかってた。ながいやつ」

「あ～」

「でも、あれかわいくない」

「つくりたくな～い」

精霊たちからやる気が失われていくのを感じたファウナは、すかさず口を挟んだ。

「可愛（かわい）らしく飾っていただいても結構です」

「！　それならつくる！」

（よかった……）

そうして完成したのは、七色にきらめく大きな球体を飾った杖だった。柄の色は薄いピンクで、レースのような刻印が螺旋（らせん）状に刻まれていてとても愛らしい。

イメージしていた老人が支えに使う杖とはかけ離れてしまったが、そこは触れずに、腰辺りまで届くように長さだけ調整してもらった。

「ありがとうございます。とても気に入りました。特にこの……」

可愛いポイントを具体的に伝えるように気をつけてみたのだが、大はしゃぎの精霊たちはまるで聞いていない。

「つえ、たのしかった！」

「またつくってあげる！」

「つぎはどんなのにする～？」

用途も聞かずに、精霊たちが上機嫌で去っていく。

「ありがとうございました」

一礼して彼らを見送ると、ファウナは杖を手に扉を小さく開けた。

（……海神様は……よかった。いらっしゃらない）

歩く練習をしに行くというのは何やら恥ずかしいため、ほっとした。

（黒い靄の収集をしているのかしら？　それとも、あの塔の中で何かをしていらっしゃる？

……溺れている人間を救ってくださっているのかもしれないわね）

以前ノクトが訪ねてきたときに、トリトミロスが水流を操っているところを庭の一角で見たことがある。溺れている人間を陸に押し上げたのだろうというノクトの話を聞きながら、聖王女時代に聞いた話を思い出した。

地方の礼拝堂を訪れたとき、敬虔な海神信仰者の女性が話してくれたことだ。船から落ち行方不明となっていた息子が、数日後波打ち際で生きた状態で発見された……それに海神の加護を感じて入信を決めたらしい。

ミロス様はとてもあたたかい方なんだよ、と言ったノクトの笑顔を見上げながら、きっとその通りなのだろうと思った。

(……知らないことがあまりに多いけれど……)

今までまるで気にしてこなかったというのに、トリトミロスの生活について把握していないことに寂しさを覚える。

もっと知りたいなんて。こんな気持ちは初めてだ。

そわそわしながら住まいから出ると、やはりそこにも麗しい海神の姿はなかった。

(好都合だわ。今のうちに練習しましょう)

苔の上を歩き、やがて訪れた砂との境界線の前で立ち止まる。

(杖をあちら側にしっかり刺して……よし)

ファウナは思いきって、境界線を踏み越えた。

浮遊感に襲われひやりとしたが、杖を持つ腕に力を入れて踏み留まることに成功した。はぁ～と深く息を吐き出したあとで、大きく足を踏み出してみる。

(……なるほど)

陸で歩くときと比べて一歩がとても重かった。水圧を受けていると判断するのが妥当だ。

(海神様の力を分けていただいたことで可能になったのは、水中での呼吸と会話……それと、肌や髪が濡れないということだけなのね。すいすい歩けるわけでも、泳げるわけでもない……)

自由に動けるようになるには、練習を積む必要がありそうだ。

(……よし。まずは、苔に沿って歩いてみましょう)

杖を砂から抜いては刺し、慎重に進んでいく。ぐるりと回り込むとトリトミロスと精霊たちが黒い靄の収集をしている姿が見えたため、こっそり引き返した。

やがて無事苔の上に戻ったとき、ファウナの胸は達成感に満ち溢れていた。

(ゆっくりだけれど、一人で歩けたわ)

視界を、銀色の魚の群れが横切っていく。

(自由に歩けるようになって、お仕事のお手伝いをして、そのあと……もし、泳げるようになったら……)

色とりどりの魚たちや、イルカ、カメと戯れるようにして海を自由に漂う自分を想像してみる。とても素敵なことに思えて、自然と表情が明るくなった。

(時間はたくさんあるもの。不可能じゃないわよね?)

＊　＊

ファウナは歩く練習を定期的に続けた。

水の抵抗に慣れて杖なしでも進めるようになるまで、一体どれくらいの日数がかかったのかわからない。ただ、ぼんやりと過ごしていた頃よりも、着替えの感覚がぐんと早くなったように感じたことは確かだ。

目標がある日々がいかに充実しているか、ファウナは初めて知ったのだった。

（いよいよ、この時が来たわ）

トリトミロスが黒い靄の収集をしている後ろ姿を遠目に見ながら、ファウナは話しかける頃合いを窺っていた。

「……さて、と。もう少し続けたいところだが、空きはどうだ？」

「キツキツ！　もう入んない！」

「では、これで終いにしよう。処理をしなければな」

「うむっ」

「あるじ、たのんだ」

小瓶を胸に抱いた精霊たちが、ふわふわと塔に向かって泳いでいく。トリトミロスがそれに続こうと足を踏み出した直後、ファウナは大きく息を吸って腹から声を出した。

「か……海神様っ！」

こんなに大きな自分の声を初めて聞いた。足を止めて振り返ったトリトミロスに目を丸くされているため恥ずかしくなってしまうが、気持ちを強く持つ。

ファウナは花の刺繍が施されたドレスの裾を大きく揺らしながら、足を前に進めた。苔と砂の境界線を臆することなく踏み越え、トリトミロスのすぐ傍へと向かう。

彼の紺碧の瞳をまっすぐに見つめた瞬間、大げさなほど心臓が鳴り始めた。随分と前のことであるため記憶が曖昧だが、海神祭で初めて舞を披露したときよりも緊張しているのではないだろうか。

「こ……この通りです。私にも、何かお手伝いさせてくださいっ」

言い切ったあとで、我に返って顔が熱くなる。

(この通りって、一体何が……と思われてしまったに違いないわ！　脈略がなさすぎる……めちゃくちゃじゃない……)

「ふっ」

思わず俯いていると、トリトミロスが笑った気配がした。おそるおそる顔を上げたのと、頭に大きな手が乗ったのは同時だった。

「歩行の練習をしていたことは知っている。見違えたぞ、よくやったな」

瞳を細め口元を僅かに緩めた笑みは、今まで見た中で一番優しくあたたかい。思いがけず目頭が熱くなってしまい、ファウナは俯こうとした。

しかし、それは叶わなかった。頭上にあったはずの手が顎に触れたかと思うと、視界に影が落ちる。まもなく、唇にやわらかな熱が灯った。

（！）

熱いものが体中をめぐり、指先まであたためていく。やがて唇が離れると、至近距離で目が合った。頬を赤く染めたファウナとは対照的に、トリトミロスはけろっとしている。

「消耗しただろう？　力を多めに注ぎ込んでおいた」

「……ありがとうございます」

声が小さくなったのは、胸のもやもやのせいだ。

（海神様は、私と触れあうことになんの羞恥もないのね）

どうしてだろう。力を補充してもらったばかりなのに、息苦しく感じる。

「それにしても、先ほどは驚いた。大きな声が出せるのだな」

「！　お耳を汚してしまい、申し訳ございませんでした」

（それに、練習していることを知られていたなんて……）

「何を恥じらう必要がある」

「……とても、不格好だったでしょう……？　見苦しかったのではないかと……」

ぼそぼそと返したファウナを見下ろし、トリトミロスは小さなため息をついた。

「懸命に励むお前からは、強い願望……光の色彩が放たれていた。あれは至高の色だ。見苦しいなどありえない」

　ファウナはおのずと顔を上げた。トリトミロスから向けられているのは、嘘偽り(うそいつわり)のない、まっすぐな眼差(まなざ)しだ。

「こちら側でどうしても歩けるようになりたかったのだろう？　その欲を果たしたのだから、誇りこそすれ恥じらう必要などない」

（この方は、当然のように私を認めてくださるのね）

　心が震える。トリトミロスに出会えたことは、ファウナにとって、単に神とあいまみえたというだけではない奇跡なのだと痛感した。

（海神様の支えになりたい）

　強く願った瞬間、トリトミロスが小さく息を止めた。

「……お前がこれほど何かを望むなど、初めてのことではないか。一体何を……」

「海神様のお手伝いがしたいのです」

　海の色をした瞳を見つめて、前のめりに伝えた。

「……私の手伝い……？」

　トリトミロスが、わかりやすくきょとんとした顔になる。出会ったときよりも見せてくれる表情が増えたことをふいに実感し、胸が熱くなった。

（もっと色々なお顔を見てみたい）

「……また……。それほど私を手伝いたいのか？　なぜだ」

なぜと問われると困ってしまう。

ファウナは小さく眉を寄せて、視線を落とした。

「それは……うまく言葉にできそうにないのですが……」

「……そうか」

初めて聞く、戸惑いを含んだ声だ。沈黙ののちに、トリトミロスはひとつ息を吐き出した。

「頼みたいことがある。ついてきてくれ」

（……！）

こちらに背を向け、トリトミロスが歩き出す。喜びに浸っていたファウナは、遅れて、強すぎる歓喜の色を見られなくてよかったと思いながらすらりとした後ろ姿を追った。

（単純すぎると笑われたくないもの）

そうして危なげもなくたどり着いたのは、精霊たちが小瓶を運び込んでいる塔だ。トリトミロスが右腕を水平に動かすと、頑丈そうな両開きの扉がひとりでに開いた。

彼に続いて中に入ったファウナは、瞳を丸くした。

真っ先に目に飛び込んできたのは、高い天井から鎖で吊された銀の鳥籠だ。

海水にゆらゆらと揺れるそれらは胸に抱えられるほどの大きさで、鎖の長さがそれぞれ異なっている。中に閉じ込められているのは、鳥ではなく、黒い靄が入った小瓶だった。

その周囲を精霊たちと共に漂っている光は、住まいにも使われている浮遊型の照明と同じものだろう。ぼんやりとした小さくて穏やかな色彩が、この空間をより一層幻想的な雰囲気にしている。

「ここは、『穢れ』を一時的に保管するための場所だ。採取したものはまずここへ運び、順に処理をしていく」

（……綺麗だわ……）

（……けがれ……。あの黒い靄のことかしら？）

ここにありそうな汚染物といって思い浮かぶのは、海に投棄された廃棄物や河川を伝って流れ込んだ排泄物だ。それらが海神の神秘なる力によって、あの黒い靄に集約されているということだろうか。

「疑問があるようだな。答えてやろう」

ファウナは鳥籠を見た。ちょうど精霊が入り口を開き、胸に抱いた小瓶を中に加えている。

「お言葉に甘えて……。『穢れ』とは、小瓶に入った黒い靄のことでしょうか？」

「ああ」

「あれは一体何なのですか？」

携わらせてもらうのだから、知っておくべきだろう。海神はすぐに答えてくれた。

「具体的に言うならば、人間の悪感情だ」

「！」

　思わぬ言葉に、ファウナは小さく息を止めた。

「憎悪や悲しみ、妬み……。己で処理しきれない感情は、身体から少しずつ放出され空気を伝い、街を流れる河川に沈み、やがて海へと流れ着く。海洋生物たちの精神に不調を招く、厄介なものだ」

「……」

「小瓶を割り『穢れ』を直接浴びた場合、人間であるお前にどのような影響があるかわからぬ。それでも、手伝いがしたいと？」

「はい」

　迷いなく答えると、トリトミロスが静かに頷いた。

「『穢れ』は古いものから順に処理していく必要がある。そのため、収集する毎に籠を分けて保管させているのだが……精霊たちはどうも集中力が足りぬようでな。どの籠にいつの『穢れ』が入っているのか、尋ねても要領を得ないことが多いのだ」

（処理というのが具体的に何をするのかわからないけれど、精霊様たちの様子は目に浮かぶわ）

　彼らが脳天気に「わかんな〜い」と言っている姿がありありと想像でき、ファウナは内心で苦笑した。しかし、どうにも憎めないのだから困ったものだ。

「よって、優先順位の把握を任せたい。『穢れ』には、古くなるほど濁っていくという性質があるのだ。籠に保管された小瓶を見て回り、明らかにしてくれ」

「かしこまりました」

とやる気十分で答えたものの、ファウナの表情はすぐに曇った。鳥籠はどれも高い場所にある。もちろん階段などないため、歩いていくなんて不可能だ。

（精霊様たちのように、ふわふわと漂えればいいのだけれど……）

「案ずることはない」

トリトミロスは突然ファウナの手を取ると、駆け出すようにして床を強く蹴った。ぐんと身体が浮き上がった瞬間、ファウナは小さな悲鳴を上げて瞼をぎゅっと閉じる。

「そのように身体を硬くしていては、重りをつけているも同然だ。力を抜け。私に委ねればいい」

いつもと変わらない声が頼もしく思えて、ファウナはおそるおそる瞼を上げた。その瞳に一瞬にして輝きが宿る。

満天の星空に迷い込んだのかと思った。ずいぶんと高いところまで上昇してきたらしく、宝石箱のようにきらきらと輝く鳥籠と丸い灯りが一望できる。

言葉にならなくて、ファウナは繋がれた手をたどりトリトミロスを見上げた。

眼下の灯りを浴びたトリトミロスの銀の髪は、月明かりを纏ったように淡く輝いている。

「どうだ。よい眺めだろう？」

「……はい。とても……」

「ふ、呆けているな。それくらい力が抜けていれば、問題ないだろう」

繋いだ手がほどかれた瞬間、ファウナは反射的にトリトミロスへとしがみついた。とくんとくんと鳴る心臓の音がすぐ近くで聞こえてきて、ハッと我に返る。

（！　私ったら、何を……）

体温が一気に上昇したとき、トリトミロスがおかしそうに喉を鳴らした。

「案外臆病なのだな」

背中に腕を回してくれるわけでも、手を繋ぎ直してくれるわけでもない。それでも、穏やかな雰囲気で身を委ねさせてくれることがたまらなく嬉しい。

（ずっとこうしていられたら……）

「ああ、仕事がしたいのだったな」

違う意味でとられてしまい、片手を繋ぐ代わりに身体があっけなく離された。寂しいと思うと、今度は「心細いのか」と声をかけられる。

「……はい」

嘘をつくと、もっと寂しくなった。

「本来、私の力を分け与えている時点でできることなのだ。慣れてしまえば造作もないだろう。

――おい、お前たち」

トリトミロスが呼びかけると、精霊たちがふわふわと上昇してきた。

「なあに～？」

「ファウナ、なんでここにいる～？」

「状況の把握を任せることにした。浮遊に慣れるまで手を引いてやってくれ」

「う～ん。りょうかい」

理解しているのかどうか怪しい返事をして、小瓶を持っていない精霊が二体、ファウナの両手へと近づいてくる。彼らは、トリトミロスが手を離したのに合わせて、小さな指で甲をきゅっと握ってきた。

とても愛らしいのだが、頼もしいとは言えない。しかし、トリトミロスは満足そうだ。

「私は『穢れ』の処理に向かう。確認が済んだら部屋に戻っておくように。報告は後ほど受ける」

そう言うと、彼は見えない階段を下りるようにして足を小さく踏み出し、ゆっくりと下降していった。向かう先は、出入り口とは別にもう一つ設けられた扉だ。中は部屋になっているらしく、彼は扉を開けると薄暗いそこへと入っていった。

仕事を任されてたまらなく嬉しかったはずなのに、今はどうしようもなく寂しい。

（……こんなの、私らしくない）

『案外臆病なのだな』

トリトミロスの楽しげな声が、ふいに蘇る。

ファウナは臆病ではなかったはずだ。だからこそ、海に落ちて死ぬことも怖くなかった。

人前で悲鳴を上げることなんてなかったし、身を守ろうと誰かにしがみつくことなんてありえなかった。

海底に来てからの自分の変化に気づき、急に怖くなる。

（もし、これが全て幻想だったのなら……）

失われたとき、自分はどうなってしまうのだろう。

深く傷ついたり、泣いたりするのだろうか。

「ファウナ〜？」

「！　申し訳ありません」

（せっかく仕事を任せてもらえたのだもの。今は目の前のことに集中しましょう）

ファウナは精霊たちと海中散歩を繰り返し、やがて小瓶の確認へととりかかった。


トリトミロスの言った通り、海中での足運びは慣れが全てだったらしい。彼が部屋から出てきた頃には、ファウナは楽々と塔の中を浮遊できるようになっていた。

「ほう……ずいぶんとうまくなったものだ」

眼下に立つトリトミロスの元へと、ファウナはゆっくり下降していく。

「精霊様たちが付き合ってくださったおかげです」

正面に下り立ってそう言うと、トリトミロスは小さく首をかしげた。

「そうか？　途中で飽きて出ていったのは想像に難くないが」

たしかに、精霊たちは少し前に「きゅうけ～い！」とそろって塔を出ていってしまった。けれど、それまではしっかりファウナの手を握っていてくれたのだ。

(退屈しのぎという雰囲気ではあったけれど、ありがたかったわ)

近くにいてくれたおかげで、余計なことを考えずに仕事に没頭できた。

「『穢れ』の収集順についてですが……」

成果を報告すると、トリトミロスが満足げに頷く。

「助かった。また頼むとしよう」

「！　ありがとうございます」

頼られたことが嬉しくて、ファウナは自然と明るい表情になった。それを見たトリトミロスが、ふっと口元を緩める。

「礼を言うのはこちらだろう。実におかしな娘だ」

なにやらくすぐったくなって、ファウナはトリトミロスからそっと視線を逸らした。ちょうど扉が開き、精霊たちがひょっこり顔を出す。

「あ！　あるじいた」

「ノクトあそびきたよ～！」

「わかった。今行く」

ゆったりと歩き出したトリトミロスに続いて、ファウナも塔を出た。すぐに、にこにこ笑顔のノクトに出迎えられる。

「ファウナちゃんもここにいたんだね。ちょうどよかった」

（？　私にも何か用事があるのかしら）

「……嫌な気配がするな」

隣に立つトリトミロスは、腕を組み、眉をぎゅっと寄せている。それを見てノクトが笑った。

「さすがですね。メレニア様からお茶会のお誘いです」

「……やはりな。私が人間を住まいに招いたと知ったのだろう」

トリトミロスが剣呑（けんのん）な表情を浮かべている。初めて見る顔だ。

「ご明察。ファウナちゃんも連れてくるようにとのことでした」

突然自分の名前が出たため、ファウナは「えっ」と声を漏らした。

トリトミロスが、呆（あき）れた様子でため息をつく。

「断ろうものなら、押しかけてくるだろうな。出向いた方がましだと判断すべきか否か……」

（何の話なのか、まるでわからないわ）

「……お話し中、失礼いたします。その、メレニア様というのは？」

「ああ、ごめん。メレニア様は音の神で、この海域に住んでいるんだ」

なんでも、自身が好む音を発する者に幸運を宿す力を持っているらしい。海底に住んでいるのは海の音が好きだからなのだろうが、気まぐれな性格であるため、単なる気分かもしれない。

「全く……。よほど暇を持て余しているのだな」

――とノクトは教えてくれた。

トリトミロスが悪態をつく。

(海神様がこれほど感情をあらわにするなんて)

「メレニア様はね、ミロス様にとってはお母さんみたいなものなんだ」

驚いて見ていたファウナに、ノクトがこっそり耳打ちしてきた。

「え？」

「生い立ちについて聞いたんでしょ？　赤ん坊だったミロス様を育てたのがメレニア様なんだ」

ファウナは目を丸くした。出産と同時に母親が亡くなったと聞き、どうやって育ったのか疑問に思っていたが、他の神の存在は考えてもみなかった。

「ミルクをあげたり、添い寝したり……？」

「ううん。神には食事も睡眠も必須じゃないからね。あっという間に成長しちゃって面白みがなかった〜ってぼやいていたし、退屈しのぎに抱っこしてあやしてた程度じゃないかなあ？」

「……けれど、言葉や生活習慣はお教えになったはずでしょう？」

「ああ。神はね、誕生したときから成熟した頭脳と身体を持ってるんだって。ミロス様の場合も、人間の血を引いているとはいっても、成長速度はかなりのものだったはずだよ」

「……そう」

（本当に、人間ではないのね）

いつの間にか、トリトミロスをとても近しく感じていたことに気づく。彼との間には決して越えられない壁があるのだと諭された気分だった。

「神になるべくして生まれた魂は、自分が何者であるのか目覚めた瞬間には知っている。これはミロス様も同じだったらしい。人間でいうところの幼児期には、もう海神としての役割を果たしていたんだって聞いて驚いたよ」

「！　それほど幼い頃から？」

「うん。ミロス様が赤ん坊の間は、精霊たちが力を合わせてなんとか海を守っていたらしい。僕の推測では、リエーレ歴一八五〇年代だと思う。帝国の使者が来て、結果的に開国することになったでしょう？　海が荒れなかったことで、海神に認められた使者だとされたことが大きな後押しになったっていうけど、あれはいわば海神不在の時期だったからであって……」

瞳を輝かせ鼻息を荒くしているノクトは、学者魂に火が点いた様子だ。

「ちなみに、前にも少し説明したけど、海神っていう存在は、ミロス様以外にも数人いるんだ。創造主によって分割された海域をそれぞれ守ることが役割で、海によって波が高かったり穏やかだったりするのは、そこを治める海神の気性なんだよね。音の神も、メレニア様だけじゃないんだよ。有名なのは、西海にある……」

(だめだわ。自分の世界に入ってしまっている。……お茶会、そろそろ行かなければならないんじゃ……あら？)

いつの間にか、トリトミロスの姿が消えている。

「ノクトさん」

「……であるからして」

「ノクトさん！」

「わ！　びっくりした……どうしたの？」

「海神様がいらっしゃらないの」

「え？　……あ！　さては帰ったな～？」

ノクトと共に住まいへと向かうと、予想通り、トリトミロスは広間で寛いでいた。椅子に座り、前にファウナと読んだ絵本を開いている。

「ミロス様、行きますよ！」

「気分ではなくなった。断っておいてくれ」

「嫌ですよ。絶対怒られるじゃないですか」

「お前が長話しているから悪いのだ」

「申し訳ございませんでした。さあ行きましょうねっ！」

腕を容赦なく引っ張り立ち上がらせようとするノクトと、意地でも椅子に留まろうとするトリトミロスの攻防戦を、ファウナは一歩引いたところで眺めていた。

（……ノクトさんって、本当に恐れ知らずよね……）

やがて、「もうお土産（みやげ）持ってきませんよ！」というノクトの攻撃にトリトミロスが折れたことで、住まいを出ることに成功したのだった。

「……腕と脚が痛い」

「僕もです」

ゼーゼーしながら玄関先に立っている二人がおかしくて、ファウナは笑ってしまった。

「ふふっ。ふふふ……ふ？」

二人が目を丸くして振り返っていることに気づき、声を止める。

「あの、何か？」

「笑った」

「え？　……あ」

（本当だ。私、笑った……。しかも、あんな……声まで出して）

海底で暮らし始めたばかりの頃は、にこりとすらできなかったというのに。

「ノクト。今一度笑わせてみせよ」

トリトミロスが大真面目(おおまじめ)な顔をノクトに向ける。

「……お気持ちはわかります。だけどね？　僕は大道芸人じゃないんですよ」

「私の命令が聞けぬと言うのか」

「命令だなんて、そんな寂しいこと言わないでくださいっ！　僕らは友達でしょう？」

「知らぬ」

「そんなあ……！」

（ノクトさんの顔……）

「ふふっ」

「！」

（あ、また笑ってしまっ……）

「よくやった。先ほどより控えめではあったが、よい顔が見られた」

「お褒めいただき光栄です！　いやあ……でも、あらためて嬉しいなあ。僕、ファウナちゃんの笑ってる顔見たいなって思ってたから。予想通り、すごく可愛い」

不意打ちで慣れない言葉をかけられ、ファウナは耳まで真っ赤(まか)になった。

「……あ……ありがとう」

「……。気に入らぬ」

「え？　なんでです？　すごく可愛いじゃないですか」

「だからだ。以後、『可愛い』は禁句とする。よいな？」

ふんっと鼻を鳴らし、トリトミロスが軒先から出ていく。

(何か気に触ったのかしら……)

「……？　何がおかしいの？」

不安げな顔をしたファウナの隣で、ノクトが肩をふるわせて笑っている。

「いやあ、可愛いなって。気づかなかった？　さっきの、焼きもちだよ」

「焼きもち……」

「ふふ、案外子どもっぽいんだなあ～。新たな発見」

「……ええと……」

「ミロス様は、ファウナちゃんが思っているよりもずっと、君のことが好きなんだってこと」

そう言って嬉しそうに笑うノクトの顔を、ファウナはぼんやりと見上げていた。

(……そうなのかしら。……本当に、そうなのだとしたら……)

――嬉しい。すごく、嬉しい。

「ノクト。我らは龍に乗っていくが、お前は泳ぎでよいな？」

「え～!?　ずるいですよ！　僕も乗りたい！　ぜーったいに乗りたいです！」

「……仕方ない」

トリトミロスが長い指で宙に紋様を描く。すると、気泡のきらめきが螺旋を描き、水で形作られた龍が二体現れた。

（まあ！）

「やった……！　これに乗るの夢だったんです！」

「何よりだ。娘はここに座るといい」

示されたのは、長い胴体の、顔にほど近い部分だ。

「はい」

と返事はしたものの、どうやって座るべきか。龍の背をまたぐにはドレスが重たいし、横座りなんてしようものなら振り落とされてしまいそうだ。

ひとまず、たてがみのように波打った背中におそるおそる触れてみる。

（硬い……。水でできているというのに、不思議だわ）

「畏（おそ）れているのか？」

「ひゃっ」

すぐ耳元で声が聞こえたため、ファウナは飛び上がりそうになった。振り返り目が合うなり、トリトミロスが眉を下げて苦笑する。

「すまない。なかなか座ろうとしないものだから」

初めて向けられた表情に、大きく心臓が跳ねた。やがてそれは、喜びと強い好奇心に変わる。

(私も、この方の色々な表情が見てみたい)

「今度は私の顔が気になるのか？　ノクトほどではないが、お前も忙(せわ)しないな」

「！　失礼いたしました。つい……」

「つい？」

「その……私も、海神様の新しい表情が見られて嬉しかったのです」

と答えたあとで、ファウナはハッとした。

(『私も』だなんて、まるで海神様が私の表情の変化を喜んでいるような……。いえ、きっとそうなのだろうけれど、私自身が言ったのでは、思い上がりもいいところなのでは……？)

トリトミロスから反応がないためおそるおそる目線を上げると、彼は何やら自分の胸元を押さえ眉をひそめている。

「どうされたのですか？」

「……うむ。なにやらこのあたりが忙しないのだ」

(もしかして、体調が優れないのかしら……？)

神に体調不良などないだろうが、トリトミロスは人間の血を引いている。それに、具体的なことはわからないが、ずいぶんと長い間部屋にこもって『穢れ』の処理をしていたことも気になっていた。

意見を求めようとノクトに視線をやると、すぐに目が合う。

「？　水龍、乗らないの？」

「ノクトさん、海神様が……」

「もう治まったようだ。心配はない」

「……けれど」

「行こう。あまり遅くなっては、音の神がうるさい」

「？　あのー、出発できそうですか？」

「ああ」

トリトミロスが答え、慣れた調子で龍の背にまたがる。

「腕を」

言われるままに差し出すと、ぐいと力強く引かれ彼の前に座らされた。横座りで、彼の胸に肩を預けるかたちだ。滑らかな上着に包まれた両腕が伸び、ファウナを守るようにして龍の長い角（つの）を掴（つか）む。

「これなら落ちはせぬ」

まさか一緒に座ってくれるとは思わなかった。ひとりでに背筋が伸び、心臓がドキドキと音を鳴らし始める。

「ふむ。まだ緊張がほぐれぬようだな」

（……間違ってはいないけれど……）

「では、僕が先導しますね。ファウナ元王女、楽しい海の旅をお約束しますよ」

ノクトの声を合図に、水龍がぐんと地を蹴り舞い上がる。突然の浮遊感にびくっとしてしまったが、「案ずることはない」と耳元で穏やかな声がしたため、今度こそほっとした。

「あるじー、ファウナー。いってらっしゃ～い」

「ノクトー。またおみやげよろしく～」

軽く首を捻（ひね）って後方を見ると、精霊たちがのんびりと手を振っていた。

背の高い塔の横を通りすぎたあとで、トプン……という水音を立てて、水龍が見えない膜のようなものを抜ける。すると、耳に一気に色々な音が入り込んだ。海洋生物たちが発する鳴き声や、スープが煮立ったときのようなグツグツ、ブクブク……という音。海底が静寂に満ちた世界だというのは、ファウナの思い込みだったらしい。

「海は音の宝庫。世界のあらゆる音が響き合う場所だ」

驚きが色に出ていたのか、トリトミロスがそう教えてくれた。聞こえてくる声がいつもよりもずっと近くて、やはり意識せずにはいられない。

（あまり考えると悟られてしまうわ。平常心、平常心……）

「……そうなのですね。お住まいが静かなので、違いに驚きました」

「騒々しいのは好まぬ。先ほど膜を抜けただろう？　あれで音を遮断しているのだ。……近頃はどうにも耐えがたい」

（近頃は……？）

「以前に比べて騒がしくなっているということでしょうか？」

「ああ、そうだ」

「なぜ……きゃ！」

龍が急に上昇を始めたため、目の前を横切ろうとした魚にぶつかりそうになった。

どうやら、ノクトは浅瀬まで上昇し海底に潜るという道筋を選んでくれたらしい。海の旅と言っていただけのことはある。水の色が灰色がかった青から薄い青になり、やがて日の光を感じさせる鮮やかな明るい青に変わっていく様は実に幻想的だ。

無数のダイアモンドのように輝く、回遊魚たちの群れ。それより大きな魚たちは、赤、黄色、青、オレンジ、紫、緑……模様も様々で、虹（にじ）のように色とりどりだ。

やがて、すぐ隣を、イルカが会釈をするようにして通りすぎていった。

（まあ……）

「ノクトはよい働きをしたようだ」

穏やかな声だ。首を軽く後方に捻って見上げると、小さく口元を緩めたトリトミロスと視線が交差する。

「私が先導したのなら、まっすぐに音の神の元へと向かっていただろう。この瞳の輝きを見ることは叶わなかった」

「……！　もしかして、ずっと私を見ていらっしゃったんですか……？」

「ああ」

「……。なんて勿体ないことを……」

「？　贅沢の間違いだろう。お前の瞳は、海底にあるものの中で最も美しい」

「～～っ！　わ……私の血筋の者は、みな赤い瞳をしているのです。私だけが特別なわけではございません」

「何を言っている。私は赤い瞳ではなく、この瞳が美しいと言ったのだ」

ファウナの瞳が瞬いた。

（……この方は、本当に……私をどこまでも認めてくださる）

そのことがたまらなくありがたくて、嬉しい。泣きたくなるほどに――。

「あのお魚、可愛らしいですね」

湿っぽい気持ちを隠すように、ファウナは視線を正面に向けて明るい声を出した。

「ああ。あれは……」

トリトミロスが丁寧に魚の名前を教えてくれる。その声が急に尊いもののように思えて、涙は引っ込んだのに、代わりに胸がぎゅっとなった。

ふと、ノクトが前に語っていたことを思い出す。

(本当に、私がこの方にとって必要な存在ならいいのに……。もしそうなら、きっとずっと一緒にいられる)

祈るように瞳を閉じた直後、龍がぐんと高度を下げ海底へと潜り始めた。

(！　あれは……)

視界に飛び込んできたのは、大きな沈没船だった。

木造の古めかしい帆船で、朽ち果てた船体にはあちこちに大きな穴が開いている。まるで海賊の亡霊でも出てきそうな雰囲気だ。背の高いマストで揺れるぼろ布のような旗を見て、ファウナはぞっとしてしまった。

近づきたくないというのに、水龍は甲板を目指して緩やかに下降していく。

(まさか……ここが、音の神様のお住まい……？)

答えだというように、先を泳いでいた水龍が姿を消し、ノクトが甲板に降り立った。床が抜ける心配も亡霊が出る心配もしていないようで、のほほんとしている。

「メレニア様～。着きましたよ」

遅れて到着したトリトミロスとファウナが水龍から降りると、前方にある操舵室と思われる扉――といっても、腐敗していてほとんど原形が残っていない――が開く。

「いらっしゃ～い」

姿を現したのは、豊満な体つきをした絶世の美女だった。

彫りが深く、目尻の上がった黄金の瞳と真っ赤な口紅が引かれた厚みのある唇は、音の神というよりは戦いの女神といった勝ち気な雰囲気を纏っている。

トリトミロスが月ならば、彼女は太陽だ。まばゆい美貌なのだが……問題は、あまりに露出が多すぎることである。真紅に金の粉がちりばめられたドレスは谷間がくっきり見えてしまうほど襟ぐりが広く作られており、スリットが大胆に入っているため、太ももの中ほどまで右脚があらわになっているのだ。目のやり場に困るとはこのことである。

（なんて妖艶でいらっしゃるの……）

緩くまとめあげた黒髪から出た後れ毛にも、色気を感じてしまう。これが女性というものなら、自分は女性ではない――と意味のわからない思考に陥っていると、彼女はずんずんと大股で近づいてきた。

（え？）

身構えたときには遅い。これでもかというほどきつく抱きしめられ、ファウナは「ぐぇ！」とおかしな声を漏らすこととなった。

「やーん、なんて可愛いのッ！　まるで赤子じゃない！」

（い、息が……！）

たわわな胸に顔を押しつけられているせいで、呼吸がままならない。

「メレニア様っ！　死んじゃいますから！」

「ふふ、ノクトったら大げさねえ」

「いや、本当に！」

「そーお？　残念」

音の神――メレニアは、呆気（あっけ）なくファウナを解放した。浮遊していきそうになったところを、手首を掴み引き止めてくれたのはトリトミロスだ。

「あ……ありがとうございます」

礼を言ったのだが、彼はこちらではなくメレニアを見ている。

「茶番は結構だ」

「相変わらずつれないわねぇ。茶会なんて、茶番をするためのものじゃない」

そうしてメレニアは、ファウナたちを下の階に繋がる階段へと案内した。

傾きが急な上にどう見ても足場が悪そうであるため、みな階段は使わず、まるで人魚のように身体を浮かせて下降していく。ファウナも、遅れてそれに続いた。

(浮遊に慣れておいてよかったわ)

トリトミロスやノクトの手を煩わせずに済んだことにほっとしながら進んでいくと、まもなく視界が開けた。

目の前に広がっているのは、元は談話室だったのではないかと思われる空間だ。大きなソファが一つと、背もたれと肘置きのついた椅子が一脚中央に置かれているのだが、座り心地がよさそうには見えない。これらは、腐敗した床材に脚をめりこませて固定されているようだった。

床にはあちらこちらで大小様々な砂の山ができており、キラキラと光るものが見え隠れしている。

(もしかしたら、海賊が手に入れた宝物……)

砂の山から白い何かが覗いていることに気づいてしまい、ファウナは一気に青ざめた。

(……まさか……)

「ああ。あれ、人間の骨よ」

ソファに腰掛けたメレニアが、艶やかに微笑みかけてきた。

「!?」

「さあ、こっちにいらっしゃい」

ぽんぽんと自身の隣を叩いているのを見て、ファウナはさらに身を硬くした。

(まさか、隣に座れということ……?)

「ほら、早く」

「は……はい」

おそるおそる近づいていって「失礼します」と一礼したファウナは、メレニアの隣に浅く腰掛けた。薔薇のような香りがする……ような気がする。

「ノクトもいらっしゃい。ミロスの坊やはそこね」

トリトミロスが無言で正面の椅子に腰を下ろし、その後ろにノクトが立つ。

「僕はここで」

「あらそう？　遠慮することないのに」

とメレニアは言うが、このソファは三人で座るには狭すぎる。密着せずに済んだことにほっとしたのも束の間、メレニアから不意に肩を抱かれた。

(!?)

至近距離で顔を覗かれ、ファウナは反射的に視線を外した。あまりに鮮烈な美しさを前に、自分の容姿に対する劣等感が一気に蘇る。

(隠したい)

「ねえ、名前は？」

「……ファウナと申します」

「ファウナ……。ファウナ……うん、いいわね。好きな響きよ」

メレニアは満足げだ。そして、痣をつうっと指先で撫でてきた。

「ふふ。坊やったら。ずいぶんと色気づいたのねえ。こんな、所有物の証まで付けちゃって」

(……。……え!?)

一瞬何を言われているのかわからず、ファウナは遅れて赤くなった。トリトミロスはというと、呆れた表情を浮かべている。

「馬鹿(ばか)なことを。それは生まれつきのものだと聞いている」

「生まれつき？　これが？」

メレニアは信じれないといった様子で、ファウナの顔をしげしげと眺めている。話の内容もさることながら、素顔のまま至近距離で見られているという事実に耐えられない。

(何か、別の話題を……)

ゴォォォォ

突然発生した地響きのような音に、船が揺れる。余韻を残しながら、それは徐々に遠ざかっていった。

(今のは一体……)

「耳障りだわ。ここのところ、しょっちゅうじゃない」

意図せず話題が切り替わったようだ。メレニアが舌打ちし、トリトミロスは長い脚を組み替えて腕を組んだ。

「ノクト。今の音は、船であったか」

「はい。おそらく、軍が所有している最新鋭の戦艦だと思います。以前より騒々しいのは、技術を搭載した分、作動音が大きくなったからかと……」

「そうか。しばらく様子を見るが、悪化するようなら警告せざるをえない。……騒音は海底の生き物たちの不調を招く。生態系の乱れは、やがて海の死に繋がるからな」

聖王女として最後に参加した会議を思い出す。

海神祭では毎年、敬虔な海神教徒たちが主導して「海を保全するための活動費」を市民から募っている。その使い道を決めるためのものだ。

昨年は、兄アルフレードが管轄する廃棄物処理問題――河川に捨てられた魚のあらなどのくず物やし尿は、やがて海へと流れ着く。それが海の汚染を招くため、集積場の数と立地の見直し、管理者の支援を充実させるべきだと方針が固まっていた――に充てることが決まったのだが、今年は違っていた。

軍事力強化に充てるべきだと、第二王子レオルカが声を大きくしたのだ。

彼は中性的で愛らしい容貌（ようぼう）には似合わず、いずれ国王を補佐する立場になるということで、軍事に関する外交を任されている。そのため、「近隣諸国の勢いが増していることで、遠くない未来、中立を保つことが難しくなるかもしれない」という彼の発言には重みがあった。とどめに、「愛する兄さんの作る国が平和であってほしいと、僕は言ってるんだよ」と切実な瞳で訴えられたら、反発するなど不可能だ。結局その日は、レオルカに軍配が上がった。

ファウナの役割は、会議の終わりに「海神様のご加護がありますように」と祈るだけ。それを不満に思ったことも、疑問を抱いたこともなかった。

（あの決定が、今この状況を招いている。……私は一度でも、選択によって未来が変わると

……当たり前のことを、考えたことがあったかしら）

今になって、自分の軽薄さを知った。胸がズキズキと痛む。

「……嵐を起こすんですか？」

ノクトが静かな声音で尋ねた。

「いや。高波で多少脅かすだけだ」

「はあ？　何寝ぼけたこと言ってるの？」

メレニアだ。剣呑な眼差しに気迫があり、ファウナは息を止める。

「あんたが守るべきは海でしょ？　人間じゃない。今すぐ沈めてやりなさいよ」

「音の神は人間を好いているのではなかったか」

「ええ、好きよ。奪われなければ学べない、愚かで儚くて、可哀想なところがだあい好き」

恍惚とした笑顔に、ファウナの背筋が凍り付いた。しかし、トリトミロスは慣れっこなようで、淡々とした調子を崩さない。

「生憎、私には大規模な嵐を起こすほどの力がない。次代に期待することだな」

「ああ、そうよね。あなたが無力な半神だってこと、忘れていたわ。嵐なんて起こした日には、呆気なく消滅しちゃうか」

メレニアが、くすりと笑う。そこに育ての親らしいあたたかさは感じられない。

「そう考えると、陸の人間たちは不憫よねえ。敵から守ってくれることを前提に海神を崇拝してるっていうのに、実際そんな力はないんだもの。無意味ってまさにこのことだわ」

（――っ）

「そんなこと！」

ノクトが声を荒げる。

「よい。事実だ」

トリトミロスが静かにたしなめた。

何も言えないままぎゅっと手のひらを握りしめたファウナに、メレニアが視線を向ける。

「あら。一丁前に不服そうな顔をしてるじゃない」

値踏みするような眼差しだ。ファウナは一瞬息を止めたが、意を決して口を開いた。

「……私は……っ、この方に祈りを捧げていたと知って嬉しかった。……そういう人間がいることを、知っていただきたいです」

メレニアの底知れない瞳を、意志を込めてじっと見つめる。何度も逸らしてしまいたくなったが、ぐっと耐えた。

「へえ……面白いじゃない。あなたはあの娘ほど思い切りはよくなさそうだけれど、長生きしたいならくれぐれも坊やと恋に落ちないことね。子どもなんて作った日には、死……」

トリトミロスが席を立った。

「不快だ。帰らせてもらう」

「あら、もう？」

「行くぞ」

返事をする間もなく腕を引かれ、あっという間に甲板まで連れ出される。トリトミロスはファウナの手を離すなり、新たな水龍を生み出した。

「さあ、乗るといい」

行きと同じように、彼の腕に守られるようにして水龍の背に乗った。流れ始めた海底の景色は往路と変わらず美しいというのに、ファウナの表情はひどく硬い。

（……海神様と恋に落ちるなんて、ありえないことだもの。気にするだけ無駄よ）

「不安なのだな」

後ろに座ったトリトミロスが、ふいに声をかけてくる。心の中を覗かれたのかと身構えたが、そうではなかった。

「音の神がなんと言おうが、意図して人間を殺すことはせぬ。安心するといい」

その点は全く心配していなかったが、口に出して伝えてくれた心遣いが嬉しい。

「ありがとうございます。海神様が、海で溺れた人間を救ってくださっていることは知っていますので……そう思ってくださっていると信じていました」

「……お前は私を過大評価している」

静かな声が降ってきたため、ファウナは目線を小さく上げた。

「そう……でしょうか？」

「ああ。水死体が浮かぶ海は美しくない……だから救っているだけのことだ」

目の前を、回遊魚の群れが通りすぎていった。往路で見たときには明るいきらめきを感じたのに、今はなぜだか切ない。

(なにか、話さないと……)

気まずく感じたことなどなかった沈黙が苦痛に思えて、ファウナは話題を必死に探した。しかし、ちょうどいいものが見つからない。

やがて、トリトミロスが静かに口を開いた。

「お前が不安に思っているのは、私との関係か？」

「！」

「あれは、相手の心を揺さぶるのが趣味なのだ。お前との間に子を作るなど、ありえぬこと。真に受けることはない」

淡々と告げられた言葉に、息が止まりそうになった。

「……そう、ですよね」

なんとか言葉を返したときだ。

「あるじー！　ファウナー！」

精霊たちの声が飛んできた。いつの間にか、住まいはもう目と鼻の先だ。

水龍が高度を下げ、やがて、素足の指先が苔に触れる。先に龍から降りたトリトミロスが手を差し出してくれたのに、気づかないふりをしてしまった。

（……っ、私……）

おかしく思われただろうか。トリトミロスを盗み見ると、彼は精霊たちを伴いながらすでに住まいへと歩き始めていた。

（……そうよね）

どうとも思われていないのだと痛感し、たまらなく苦しくなる。

（この気持ちは、ひょっとしたら――）

「おみやげは？」

「ない」

「え～なんで？」

「つまんない！」

（……もし）

ファウナは足を止めたまま、誰にともなく祈った。

（もし、恋愛を司る神がいらっしゃるのなら、私に恋心なんて抱かせないで）

得体の知れない感情に惑わされることが怖い。それに、醜くて可愛げのない自分には、麗しい海神に恋をする資格などないだろう。

「ファウナ」

どうして今なのだろう。初めて呼ばれた名前に、馬鹿みたいに鼓動が速くなる。

(――これは、恋なんかじゃない)

「今参ります」

ファウナは毅然(きぜん)と前を向くと、扉の前で待つトリトミロスの元へと歩き始めたのだった。

異変が起きたのは、茶会から帰って三回衣装替えをしたあとのことだ。

ファウナは、塔の内部で『穢れ』の分別に精を出していた。前に足さばきがしやすいものをと頼んだ甲斐があって、淡い黄色のドレスは、スカートのボリュームも重量も抑えられている。その代わりに、編み込んだ髪と肩の部分にはレースの白いリボンが飾られていた。

(海神様はまだなのね)

浮遊し鳥籠の柵に触れていたファウナは、眼下にある部屋へと視線を向けた。

『穢れ』の処理とは具体的にどういったことをしているのか、少し前に尋ねてみた。トリトミロスは、「受け入れることだ」とだけ教えてくれた。結局詳しいことはわからなかったが、大変な仕事だということは間違いない。

傍にいる時間が増えたことで、一仕事終え戻ってくる彼が、青白い顔をしていることに気がつくようになったのだ。「少しお休みになってはいかがですか?」と声をかけてはいるものの、必要ないと返されるばかりで困っている。

(……気のせいかしら。いつもより、時間がかかっているような……)

一度そう思うと、落ち着かない。それに、一体どのようなことをしているのか今度こそ知りたいという気持ちも大きかった。

(……ちょうど精霊様たちもいらっしゃらないし、少しだけ……)

ファウナは、ドキドキしながら下降していった。やがてたどりついた扉をそーっと開き、息を殺して中を覗き込む。

(……一体どんなことを……)

目の前に広がっているのは、窓も家具もない、狭くて暗い空間だ。四隅に置かれた背の高い燭台のようなものに、青白い光が灯っている。

中央に座るトリトミロスの背中が、その光にぼんやりと照らし出されていた。床には、彼を中心として大きな円形の紋様が描かれており、弧に沿って、点々と空の小瓶が置かれている。易々と足を踏み入れることはできない、厳かな空間だった。

(瓶の中身がないということは、無事に処理を終えられたということよね？　……ひょっとしたら、疲れを取るために瞑想されているのかもしれない)

じきに出てくるだろう。ファウナは休息をじゃましないよう、扉を静かに閉め始めた。

そのときだ。

「!?　海神様！」

トリトミロスの背中がぐらりと揺れたため、ファウナは血相を変え部屋に駆け込んだ。間一髪、トリトミロスが床に頭を打ち付ける前に、背中から抱き留めることができた。

（……よかった……っ）

ファウナは、ほっとして床に座り込んだ。しかし、膝に乗ったトリトミロスの顔を見下ろした直後息を止める。

顔が雪のように白い。唇も真っ青だ。

伏せられた長い睫毛がぴくりと動いたのを見て、凍り付いていたファウナは我に返った。

（とりあえず、精霊様たちを呼んで……）

「ファウナ～？」

「いないね」

ちょうど、精霊たちが戻ってきたようだ。

「！　みなさん！　こちらです！」

精霊たちは、すぐに部屋へと入ってきてくれた。首が苦しいかもしれないと思ったため、まずはトリトミロスを床に横たえるのを手伝ってもらう。

主が倒れたというのに、精霊たちはいつも通りのんびりとした様子だ。

「あるじ、はんぶんにんげん。わすれてた」

「このましょうめつ？」

「!?　そんなこと仰らないでください！　みなさん、海神様がいなくなってもいいんですか!?」

「？　うん。あたらしいあるじ、すぐくる」

ファウナは小さく息を止めた。精霊たちにはこれっぽっちも悪気はないのだ。わかっているのに……わかっているからこそ、目頭が熱くなる。

唇を噛みしめたファウナを、精霊たちは不思議そうに眺めていた。

「ファウナ？」

「……申し訳ありません。海神様と二人にしていただけますか？」

「わかった」

「いいよ～」

精霊たちがわらわらと部屋を出ていく。仰向けに横たわったトリトミロスの傍らに崩れ落ちるようにして座り込んだファウナは、弱々しく彼の顔を見下ろした。

この瞳が、二度と開かなかったらどうしよう――。

(そんなの、嫌……っ)

頰を熱いものが伝う。

「――っ、ミロス様」

ぽろりと、口にしたことのない愛称がこぼれ落ちた。

彼の生きた時間を孤独と結びつけるのは、いらぬ心配だろうか。

溢れ返るほどの愛情を注ぎたいと願うのは欺瞞だろうか。

「私は、これからもずっと……あなたと生きていきたいっ」

ファウナは両手を着き、トリトミロスの顔を覗き込むようにして身を乗り出した。

(力よ、どうか主の元へ返って)

形のいい唇に、そっと口づける。やわらかいのに、氷のように冷たい。

あたためてあげたい。

自分の中にある命の糧となるもの全てが、彼に流れ込むことを強く願った。

＊　＊

トリトミロスは、仄暗い空間——精神世界に立っていた。月明かりのような青白い光は頼りなく、足下には暗闇……否、真っ黒な身体をしたウツボが這っている。

ウツボの正体は『穢れ』だ。

『許さない。殺してやる』

性別も年齢も判別できない、不可思議な声が脳に響く。

『どうして私がこんな目に？』

『痛い。苦しい』

『いっそ殺してくれ』

『まだ死にたくない』

　ウツボが脚を伝ってくる。トリトミロスは構わずに、手にした杖で床に紋様を描いた。現実世界で身体を囲んでいるものと同じものだ。瞳を閉じ、自身の力を杖を通じて紋様に流し込む。

「汝、大いなる海に眠れ。私は全てを受け入れる」

　タン、と杖の先で床を叩くと、紋様が青い光を放ちウツボたちを包み込んだ。ウツボたちは灰色の粒子となって、トリトミロスの身体に入り込んでいく。

　しかし、休んでいる暇などなかった。

　ドサドサッとウツボが天井から落ちてくる。頭からそれをかぶったトリトミロスの顔からは、表情が抜け落ちていた。

『神様なんていない』

『祈ったって、何もしてくれない』

　している。しているだろう？

（一体、いつまで……）

　こんな苦しみが続くのか――。

「っ！」

ハッとしたときには遅かった。

ウツボが足先から一斉に這い上がってくる。衣装が真っ黒に染まった。

遠い昔にしまい込んだはずの感情が、暴発する。

『私など、海神にふさわしくない』

『人間でも神でもない、半端な存在』

『なぜ生まれてきた？』

『母親を殺した』

『それは、私のせいではない。彼女が選んだことであって、私は……』

（聞きたくない）

空間にこだましているのは、自分自身の声だ。耳を塞ぎたいのに、ウツボに全身を締め付けられていて敵わない。

『私は、生まれたかったわけではない』

『哀れな半神だ。言われずとも、知っている』

喉元をキリキリ……と締め付けられている。息が苦しくなってきた。

（私は、このようなことを……今でも考えていたのか……）

『私にしてはよくやっただろう』

『もう、終わりにしよう』

「──っ、ミロス様」

頼りなく震えた声に、トリトミロスは閉じかけた瞳をゆっくり開いた。

（！　ファウナ……）

目の前にファウナが立っている。瞳に涙をたたえた彼女は、細い指先をそっとトリトミロスの頬へと伸ばした。

「私は、これからもずっと……あなたと生きていきたいっ」

強い願いの色が見えた瞬間、胸が震えた。

（そうか。……そうだな。私も、お前となら……）

ファウナから、初めて口づけがもたらされる。

唇に灯った熱はとても優しいものだ。あたたかな何かが、体中をめぐっていく気配がする。

（これは、一体なんだ？）

自然と身体に力が入る。

トリトミロスは、ウツボたちに拘束されていた腕をほどき、ファウナの背中へと回した。きつく、きつく抱きしめる。

その瞬間、自身の身体から光が溢れ出し、はびこっていたウツボを消し去っていった。

視界が純白に染まる。

次の瞬間、青白い光と仄暗い天井が映り込んだ。

（ここは……）

「!?　ミロス様……っ！」

上体を起こすと同時に、床に膝をついたファウナが抱きついてきた。

「……私は一体……」

「穢れの処理を終えられた直後に、倒れられたんです。……ミロス様、とても冷たくて……」

ファウナはトリトミロスの胸に顔を埋めたまま、途切れ途切れに説明していた。しかし嗚咽が漏れ、続けられなくなる。

「お目覚めになって、本当によかった……っ」

それでもなんとか発せられた言葉に、たまらなくなって。覗き込むようにして口づける。

唇を離すと、目を丸くしたファウナの顔がそこにあって。気づけば、身体が勝手に動いていた。彼女の腰に手を回し、引き寄せもう一度口づける。

（共に生きていきたいと言ってくれた。あれは現実だろうか）

都合のいい妄想でなければいいと、切に願う。

唇が離れたら尋ねよう。溺れそうな高揚感の中、熱に浮かされた頭でそう決めたときだった。

「ミロス様！」

ノクトの声だ。血相を変えて駆け込んできた彼は、口づけの途中で唇を離した二人の姿を見て固まった。

「……あー……おじゃましました！」

「!? 待って、ノクトさん！」

顔を真っ赤にしたファウナに引き止められ、ノクトは遠慮がちにその場に留まる。

「えーっと……精霊たちからミロス様が倒れたって聞いたんですけど、からかわれたのかな？」

「いや。事実だ」

「本当ですか？　それにしては顔色がいいですよ。なんなら、いつもより元気そうです」

ノクトに言われ、たしかに近頃感じていた倦怠感が消えていることに気がついた。

（どういうことだ）

トリトミロスは眉を寄せながら、ファウナへと視線を移した。

「お前は、まことにただの人間か？」

「え？　もちろん……」

「ならば、なぜ私の精神世界に入ることができた？」

ノクトが目を見開き、ファウナは困惑気味な顔をしている。

（突然精神世界と言われても、理解が及ばないか）

「……ファウナ。まず確認させてほしい。私の名前を呼び、共に生きたいと伝えてくれた……これは幻想か？」

「！」

ファウナが耳まで真っ赤になる。

(現実なのだな)

自供させるなんて意地が悪いだろうか。しかし、欲望は抑えられない。

「ファウナ」

「……事実です」

瞳を伏せ、消え入りそうな声でファウナが答える。いつもよりさらに小さく見える彼女を見て、トクンと胸が鳴った。

(なんだ、この気持ちは)

動揺しつつも、トリトミロスはさらに尋ねた。

「ならば、口づけたことも？」

「――っ！　……はい……。許可なく唇に触れるなど、勝手なことをして申し訳……」

「え！　増えてる!?」

ノクトが素っ頓狂な声を上げた。

身体が火照るほどの高揚感に、もう少し浸っていたかったというのに。トリトミロスは眉をひそめ、ノクトを見やった。

「突然なんの話……」

ノクトが、ぐいっと肩を掴(つか)んでくる。

「神通力(じんつうりき)が増えてるんですよ！」

「は？」

「だから、神通力の保有量が！　増えたんですってば！」

神通力とは、神が行使する特別な力のことだ。

海神の場合は、海水を操ったり物質化したり、『穢れ』を分解し体内に取り込む力を指す。

物語に登場する魔女にとっての魔力だと考えるとわかりやすいと、ノクトがファウナに説明しているところである。ちなみに、精霊たちが用いている力は、水や光、木々など自然由来のものであり、神通力とは別物だ。ファウナに分け与えているのも、水に対する適応力や神の性質のようなものであるため、神通力とは異なる。

「ありえぬことだ。……神通力は、減ることはあっても増えはしない。だからこそ、みな消滅していくのではないか」

神通力は生まれつき保有量が決まっており、寿命に直結している。神通力を使い果たした神は消滅するという基礎知識をノクトが知らないはずはない。

「それに、なぜ量がわかる？」

「！　……言ってませんでしたっけ？　この身体になったとき、どういうわけか目視できるようになったんですよ。そこも検証したいって話……しました。しましたよ、絶対！　話しているうちに思い出してきた」

記憶をたどってみる。正直なところ、白熱しているときの彼の話は軽く聞き流していることがあるため、自信は持てない。

「聞いたかもしれぬな」

「でしょう？　全くもう、ミロス様ってば！」

バシッと肩を叩かれたが、トリトミロスは「痛い」とも「やめろ」とも言わず思案顔だ。

「……しかし、神通力が増えたとは……一体どういう……」

（！　まさか）

勢いよくファウナに視線を向けると、彼女は目を丸くして息を止めた。すぐにノクトが頷く。

「僕は、ファウナちゃんに神通力を高める力があると推測します」

「……えっ？　まさか、私にそんな……」

（たしかに、そう考えると納得がいく）

「確認ですが。ミロス様は『穢れ』に呑み込まれかけていたけれど、ファウナちゃんの言葉と口づけによって救い出された。……これ、合ってます？」

「さすが。察しがいいな」

「……。あの……『穢れ』に呑み込まれかけていたというのは。どういうことですか？」

頬を少し赤らめたファウナが、遠慮がちに問いかけてきた。

トリトミロスは、自分自身と確認し合うようにゆっくりと説明していく。

「『穢れ』の処理は、精神世界で行う。あそこでは、弱い気持ちを少しでも見せると『穢れ』の餌食となってしまうのだ。……己のうちに潜む憎しみや悲しみを引き出され、精神を破壊される。……先ほどの私は、おそらくその一歩手前だったはず……」

ファウナが息を止めたのがわかった。その瞳をしっかりと見つめる。

「しかし、ファウナ……お前が現れたのだ。口づけられた瞬間、全身に力がみなぎった感覚を覚え、『穢れ』を一掃することができた」

「……私が、神通力を高めたから……？」

「そう判断するのが妥当だよね。ファウナちゃんは、守護神って知ってる？」

ノクトの問いに、ファウナは首を横に振った。

「なんとなく、想像はできるけれど」

「多分想像通り、土地やそこに住む人々を災厄から守る神のことだよ。ちなみに、先代からこの海域の海神はリエーレの守護神だと言われるようになったけれど、それは人間の作り話に過ぎない。今話しているのは、創造主から守護神として生み出され、人間を守る使命を持った神々のことだ。守護神のいる国というのはいくつかあるけど、それらは創造主に気に入られた人間がいる場所だとされている」

（さすがだな）

ファウナも熱心に耳を傾けているのがわかる。

「それで、ここからが本題。守護神は人々からの信仰心が強いほど力を増し、逆に、信仰されなくなると消滅するんだ。……神の力が増すという観点において、ミロス様とファウナちゃんはこの関係に近いんじゃないかと僕は推測してる」

「私がお慕いするほど、ミロス様の力が増すということ？　それとも……その……口づけに意味が……？」

「条件をそろえる必要があるんだと思う。だって、二人は今までも唇を重ねているでしょう？」

「たしかに、そうだな」

「きっと、ミロス様を救いたいと強く願ったことで、潜在能力が目覚めたんだろうね。献身的な想（おも）いを抱いて口づけを交わす……そうすれば、今回と同じような効果が得られるはずだよ」

それを聞いた瞬間、ファウナが強い喜びの色を纏った。まるで奇跡を目の当たりにしたような気持ちになる。

（この娘は、どうしてこれほどまでに私を想ってくれるのだろう）

じっと見つめすぎてしまったようで、目が合った。トリトミロスは咄嗟（とっさ）に視線を逸らし、ノクトを見る。

「……しかし、神通力を高めるなど……。生粋の人間に可能なものだろうか」

「世界には、巫女と呼ばれる、神に匹敵する神通力を持つ人間もいるといいますから。不思議な話じゃありません。創造主のみぞ知る、というところでしょうが……」

ノクトは神妙な面持ちでそう言ったかと思うと、急に瞳をきらめかせ始めた。

「ファウナちゃんの痣には特別な意味があるって言ったこと覚えてます!? ミロス様にとって不可欠な存在になるって！　あれ、当たっていたでしょう!?」

(たしかに、そんな話をしていたな)

ノクトが仮説を得意げに披露することは珍しくないため、また始まったか、くらいにしかとらえていなかった。

振り返ってみれば、一目見たときから、龍の形をした痣には好感を持っていた。そのことについて深く考えてこなかったが、ただ単に造形が気に入ったのではなく、ファウナに宿ったものだからこそ強く惹かれたのかもしれない。

(運命という言葉は好きではないが、この導きは悪くない)

ノクトに詰め寄られ、半ば無理やり賞賛の言葉を引き出されているファウナを見つめる。

目が合うことを想定していなかったため、視線が絡み合った瞬間、心臓が大きく跳ねた。それは向こうも同じだったようで、息を止めたかと思うとふいっと顔を背けられてしまう。

小さな耳が赤い。それを見たトリトミロスは、ごくりと唾を飲んだ。

（……なんだ、あのいじらしい生き物は……）

抱きしめたいと思ったところで、ノクトがぬっと視界に入ってくる。

「ミロス様！　聞いてます!?」

「……聞いている。お前は実に優秀な研究者だ。これでよいか？」

つっけんどんに返すと、ノクトが唇を尖らせた。

「なんですか、その投げやりな感じ！　……ああ、そっか」

ノクトが、にやりと笑う。

「じゃまものは退散します。それじゃあ、ごゆっくり～」

（察しがいいではないか）

ひらひらと手を振り去っていく後ろ姿を気分よく見送っていると、横顔に視線を感じた。そちらに顔を向けると、ファウナと目が合う。

「あの！」

珍しいことに、向こうから話しかけてきた。

「か……勝手なことをして、申し訳ありませんでした。……眠っていらっしゃる間に口づけるなんて、不快な思いをされましたよね……」

（何を馬鹿なことを）

打ち明けてくれた想いに、唇に灯ったぬくもりに、どれだけ救われたことか。

目覚めてすぐに交わした熱い口づけでも、溢れ出す想いは伝わらなかったという。ならば、言葉で示すほかないだろう。

「ファウナ。私は――」

「あ！　あるじおきてる！」

「しょうめつ、ちがったね」

精霊たちがぞろぞろと部屋に入ってきて、一気に騒がしくなる。

今でなければ、伝えるべき言葉を見失ってしまう気がした。訳あって回復したのだと丁寧に応対するファウナに、トリトミロスは声をかける。

「外に出よう」

小さな手を引き、塔の外に出た。

目の前に広がった紺碧(こんぺき)の世界を、美しいと思ったのはいつぶりだろう。

(生まれ変わったような心地だ)

ファウナの手のぬくもりが、かけがえのないものに思える。これから先も、何度でもこうして手を繋(つな)ぎたい。

こんな願いを抱く日が来るなんて、思いもしなかった。

なぜなら――。

「私は、消滅することに何の未練もなかった」

自身の声が、静かな世界に響いた。ファウナが息を止めた気配がする。

トリトミロスは彼女の顔ではなく、まっすぐに前を見据えたまま続けた。

「私は代替可能な存在だ。消滅すれば、創造主によって新たな海神が生み出される。しかもその者は生粋の神で、私よりも海を美しく保つことができるだろう。……ならば、長く生きる必要などないではないか」

「――っ」

「その事実は、これから先も変わらない。しかし……私は今、消えたくないと思っている」

ファウナへと、ゆっくり身体を向けた。こちらを見上げる真紅の瞳が、大きく潤んでいる。

華奢(きゃしゃ)な身体から溢れているのは、やはり喜びの色だ。そのことに胸が熱くなる。

「お前が私を変えたのだ」

空いた手をファウナの背中に回して引き寄せる。華奢な身体が、胸にすっぽりとおさまった。

「！　海神さ……」

「ミロス。先ほどはそう呼んでいただろう？」

「！　許可も取らず、申し訳ありませ……」

「お前はなぜそうすぐに謝るのだ」

トリトミロスは小さく笑みを漏らし、「仕方ない」と口を開いた。

「許可がほしいのならくれてやる。今後はミロスと呼ぶように。よいな？」

「……はい。ありがとうございます」

ファウナが遠慮がちに、トリトミロスの背中に腕を回した。

（ああ、なんて……）

愛おしい。はっきりとそう思った。

この小さくあたたかな存在と出会うために生まれてきたのだとしたら、全てが報われた気がする。

「ファウナ。ありがとう」

弾かれたように顔を上げたファウナは、泣きそうな表情で微笑んだのだった。

＊　＊

すぐに『穢れ』の収集を始めようとしたトリトミロスに、少し休んでほしいと言い聞かせ、共に住まいへと戻る。途中、ふわふわと海中散歩をする精霊たちとすれ違ったのだが、いつもより親密な雰囲気の主と客人を見ても、何も気に留めていないようだった。

「さて。休息とはどのようにとればいいのだ？」

広間にて。ファウナの手を握ったまま、トリトミロスが小さく首をかしげた。

（海神様は、半神でいらっしゃるのよね……。だったら……）

「お眠りになってみるのはいかがでしょう？」

提案してみると、トリトミロスはわかりやすくきょとんとした顔になった。

「眠る……私がか？」

「はい。人間は、睡眠と食事によって健康を維持しています。人間の血を引いていらっしゃる海神さ……」

「ミロス」

「……ミ、ミロス様のお身体にも、よい影響があるかもしれないと思ったのです。今はノクトさんがいらっしゃらないので、神通力が増えたかどうか確認することはできませんが……疲れがとれて身体が軽くなるかもしれません。……試してみませんか？」

「ふむ……。一理あるが、私は眠ったことなどないのだ。どのようにすれば……」

「私がお教えしますっ」

つい声が大きくなった。一人張り切ってしまって恥ずかしくなったが、心の中は使命感で燃えている。

（ミロス様にお元気でいてほしいもの。可能性があると思ったものは全て試してみたい）

視線の先にあるトリトミロスの顔が、ふっとやわらかな表情になった。

「頼むとしよう」

「！　ありがとうございます」

「ふふ。礼を言うのは私の方だろうに」

空いた方の手でそっと髪を撫でられ、ファウナの頬が桃色に染まった。

嬉しい。愛しい。色々な気持ちが湧き上がってきて、隠し切れそうにない。俯こうとすると顔に影が落ちて、思いがけず口づけられた。

(!?)

すぐに唇が離れ、小さく眉を下げたトリトミロスの顔が瞳に映り込む。

「あまりに愛らしいものだから、口づけたくなった」

ボンッ！　とファウナは真っ赤になった。力の補充という目的なしの口づけだったと気づいた瞬間、鼓動までけたたましく鳴り始める。

(ミロス様は、今は消えたくないと心の内を明かしてくださった。……私と生きていきたいからだと、思ってもいいの？)

自惚れではないことを祈ったところで、自分の想いをはっきりと自覚した。

(私、ミロス様のことを恋い慕っているのね)

「？　何を考えている」

急に顔を覗き込まれたため、ファウナは大きく息を止めた。

「……し……心臓に悪いです……」

トリトミロスが目を丸くする。

「それは問題だ。お前に早く死なれては困る。……口づけは控えるとするか」

大真面目な声のあとで、ノックの音が響いた。

「？　ノクトか？」

繋いでいた手が離れる。

(私の手、汗ばんでいたのではないかしら……)

来訪者云々に構っている心の余裕はない。ドキドキとうるさい心臓の音を聞いているうちに、玄関扉が開いた。そこに立っているのは、やはりノクトだ。

「……先ほど帰ったばかりではないか。なぜまた来た」

「へへ、実証したいことがありまして。急いで準備してきました！　ファウナちゃんごめんね～。ちょっとおじゃまするよ」

上機嫌なノクトは、大きな肩掛け鞄から果実をあれこれ取り出すとテーブルに並べた。

「僕もファウナちゃんも、ミロス様に消滅なんてしてほしくない。……というわけで、まずは人間の生活習慣を取り入れてみましょう！」

彼が語ったのは、ファウナが考えていたのと同じ内容だった。

半神であるトリトミロスにも、食事と睡眠がよい影響をもたらすかもしれない。それを実証するために、食事の前後、睡眠の前後で神通力の量を比較してみようというわけだ。

「実はずっと試してみたかったんです。だけど、ミロス様は望まないかなって……」

消滅しても構わないと思っていた、とトリトミロスが語ってくれたことを思い出す。ノクトも、その気持ちを察していたのだろう。

「ファウナちゃんに感謝ですね」

明るく笑ったノクトに、トリトミロスは何も言わない。けれど、優しい眼差しを向けていることにファウナは気づいていた。

（素敵な関係ね）

以前だったら、羨ましいと心のどこかで感じていたはずだ。けれど、この二人はいざというとき自分の身も案じてくれるだろうと疑いなく思える今、孤独よりもあたたかな気持ちで満たされていく。

「というわけで！　早速召し上がってください！　どれがいいかなあ」

迷った末にノクトが選んだのは、トリトミロスが以前とても気に入っていた葡萄だった。あのときと同じようにファウナが房から実を取り、椅子に座ったトリトミロスへと渡していく。

十粒ほど食べると、彼はノクトを見た。

「どうだ。神通力の量に変化はあるか？」

「うーん……。少し増えた気がするけど、誤差程度ですね。確証は持てません。もう少し食べてもらっていいですか？」

　はぁ、とトリトミロスがため息をつく。

「生憎(あいにく)、もう食事の気分ではないな」

「ええ!?　これじゃあ、検証にならないですよ？　ほら、もっと頑張って食べてください！」

　そう言うと、ノクトはトリトミロスの口に葡萄を入れ込んだ。

　もぐもぐと咀嚼(そしゃく)して飲み込んだ後で、トリトミロスがノクトを睨(にら)み付ける。

「嫌だと言っているのだ」

「あの……」

　様子を見守っていたファウナは、おずおずと口を開いた。

「ミロス様、以前はもっと召し上がっていましたよね？　何か食が進まない理由があるのでしょうか？」

「……ふむ……」

　顎(あご)に手を当てて考え込んでいたトリトミロスは、やがて「ああ」と小さく瞬(まばた)きした。

「一人だからかもしれぬ。さあ、お前たちも……」

　今さらなのだが、トリトミロスは椅子があと一脚しかないことに気づいたようだ。

　彼は空いた椅子を見ながら指先でなぞるような動きをすると、手のひらにふうっと息を吹きかけた。すると、きらきらとした粒子が集まり霧散して、もう一脚同じ椅子が出現する。

「座れ。共に食そうではないか」

「ああっ！　なんで神通力使っちゃったんです⁉　最初からやり直しじゃないですか！」

（！　ノクトさん……せっかくの気遣いになんてことを……！）

案の定、トリトミロスはわかりやすく不機嫌な顔になってしまった。椅子から立ち上がり、くるりとこちらに背中を向ける。

「もういい。検証は先延ばしだ」

「はっ！　すみません！　悪気はなかったんです！　いかないで～っ！」

「離せ。鬱陶しい」

そのあと、トリトミロスを連れ戻すことに成功したノクトは、気分を変えて睡眠に挑戦しようと言い出した。しかし、入眠に効果的だからと決してうまいとは言えない子守歌を披露したばかりに、またトリトミロスの機嫌を損ねてしまったのだった。気持ちよさそうに歌うノクトと、しかめっ面で両耳を押さえたトリトミロスの姿が対照的で、とてもおかしかった。

結局、瞳を閉じて横たわってもらい、ファウナが淡々と数を数えることで眠らせることに成功したのだが、眠りが浅かったようですぐに目覚めてしまった。

そういった検証が数回にわたって繰り返された結果、期待した通り、食事と睡眠をとることによってトリトミロスの神通力が回復することがわかった。劇的に変化するわけではないのだが、何事も積み重ねが大切だということで、彼は人間と同じように寝食を取り入れた生活を送ることになったのだった。

＊　＊

（これでよし、と）

大きなベッドに、白いシルク――のような手触り――のシーツを皺ひとつなく張ると、ファウナは満足げに口角を上げた。

広間に出ると、トリトミロスが椅子に腰掛け絵本を眺めている姿が目に入る。

「ミロス様。そろそろお休みの時間です」

声をかけると、露骨に面倒くさそうな反応が返ってきた。

「眠ったばかりだろう？　それに、これも休息のようなもの……」

「いけません。規則正しい生活こそ、健康の基本なのですよ？」

トリトミロスが肩をすくめる。

「お前は、ここのところ少々口やかましくなったようだ」

と嫌みを言いつつ、素直に絵本を閉じ立ち上がった姿に思わず頬が緩む。

ノクトによる検証の結果を受けて、ファウナはトリトミロスが身体を労れるよう生活環境を整えることにした。その一つが、精霊たちに創ってもらったこの寝室である。寛ぎやすいように、ファウナが陸にいた頃使っていた香油の類いも、ノクトに調達してもらった。

その際一緒に陸に行かないかと誘われたのだが、情けないことに、まだ素顔をさらして町を歩く勇気が出なかったため遠慮しておいた。

(……もうじき即位式だと、ノクトさんが教えてくれたわね)

それもあって、近頃はアルフレードの顔をよく思い出すようになった。

胸をかすめるのは罪悪感だ。

地上にいた頃よりもずっと満たされていることが、後ろめたい。だって、彼はきっとファウナが死を選んだことに責任を感じているだろうから。

「お前こそ、休息が必要なのではないか？」

ハッとすると、トリトミロスがすぐ近くまでやってきていた。寝室の扉の前に突っ立っていたため、道を塞いでしまっている。

「失礼しました。……そうですね。私も少し睡眠をとろうと思います」

扉を開いて、何気なくそう返す。すると、トリトミロスが思わぬことを口にした。

「ならば、一緒に眠るか？」

「……は？」

「お前を抱けば、心地よい眠りにつけそうだ」

名案とばかりに言ってのけたトリトミロスだが、思い違いもいいところである。

(そんな状態では、私は一睡もできませんが……!?)

「というわけだ。私は芸術鑑賞を続けるゆえ、準備を整えてくるといい」

とても無理だと言える雰囲気ではない。それに、彼の落胆した顔は見たくないため、ファウナは弱り切った声で答えた。

「……わかりました」

とは言ったものの、どうしたものか。

ひとまず自分の部屋に向かったファウナは、迷った末に、色鮮やかなドレスたちが収納された衣装棚から白いネグリジェを取り出した。

上質な睡眠をとるためには、肌触りのいい衣類が欠かせない。そういった考えから、トリトミロスの寝間着を精霊たちに創ってもらった。そのとき、彼らが嬉々としてファウナのものも創ってくれたのである。女性用の方が飾りがいがあるからだろう。

(眠るんだもの。これで間違っていないわよね……?)

ゆっくりとドレスを脱ぎ、細緻なレース使いのネグリジェに袖を通す。

薄手ではあるが腕は手首までしっかり隠れているし、襟ぐりもほどよい広がり具合だ。ドレスに比べて丈は短いが、ふくらはぎの中ほどまであるため決して破廉恥ではないだろう。

ファウナは脱いだドレスを衣装棚にしまうと、今度はドレッサーの前に置かれた椅子に腰掛けた。引き出しから最近ノクトからお土産にもらった櫛を取り出し、鏡を見ながら念入りに髪を梳かす。

（……少し傷んだかもしれない）

陸で暮らしていた頃は、「見える部分は徹底的に美しくしなければ」という母の教えで、髪の手入れには力を入れていた。おかげで髪だけは他の王女たちに勝る美しさを誇っていたのだが、海底に来てからというもの全く気にかけてこなかった。

（今さらだけれど、化粧をしていないというのもどうなのかしら……）

鏡に映った素顔の自分を見て、ため息をつきたくなってしまう。

できることなら素敵な香りを身につけていたいし、髪の手触りも最高級なものでありたい。肌だって綺麗に見せたい。

（どうやったら、自分を魅せられるの？）

ファウナの美容に関する知識はとても少ない。母が積極的に教えなかったため、身につけてはいけないものなのだと切り捨てていた部分もあるだろう。

恋をすれば違っただろうが、そのような機会はまるでなかった。

聖王女になり外に出るようになってからは絶えず護衛がついたが、頻繁に人が変わった。たとえ地方への長い旅路を共にしたとしても、帰りには別の兵士に変わってしまっていたため、親しくなる暇などなかったのだ。

（……だめだわ。これ以上、手の施しようがない）

ファウナは観念して椅子から立ち上がると、静かな足取りで広間に戻った。宣言通り、トリトミロスは絵本の挿絵をじいっと眺めている。

彼もまた艶(つや)やかな素材のガウンに着替えており、それがまたファウナの鼓動を忙(せわ)しなくさせた。初めて見る姿ではないというのに、普段着よりもゆったりと開かれた胸元が直視できない。

(……いやだわ。これ以上意識したら気づかれてしまう)

深呼吸をし心を落ち着かせてから、ファウナは口を開いた。

「お待たせいたしました」

顔を上げたトリトミロスは、ネグリジェ姿のファウナを頭からつま先までじっくりと眺めている。この格好で対面したのは初めてだ。

「あ……あの」

雰囲気を変えようとしたところで、トリトミロスが髪を結わえていた紐(ひも)をほどく。

無造作なのに、妖艶(ようえん)にも感じられる仕草だった。サラリと流れ落ちた銀の髪は、どんなに高級な絹糸も敵わないほど美しく滑らかだ。

ドッドッドッと心臓がおかしな音を立てているのは、彼があまりにまっすぐこちらを見つめているからだろう。

本を閉じて近づいてきた彼は、何の前触れもなくひょいとファウナを横抱きにした。

「!?　い、一体何を……」

「思った通りだ。肌触りがとてもよい」

（……衣装のことを褒めていらっしゃるのよね……？）

「精霊様たちの仕立てる衣装は、素晴らしいですよね。どれも手触りがとても……」

「お前は羽根のように軽いな。果実以外にも、ノクトに調達を頼むといい」

と言いながら、トリトミロスはファウナを抱いたまま寝室に向かって歩き始めた。皮膚を突き破ってしまうのではないかと思うほど、けたたましく鼓動が鳴り響いている。

「で……では、ミロス様も一緒に召し上がりませんかっ？」

「ふむ。……そうだな。それがよい」

トリトミロスと一緒に何を食べよう。色々なメニューを思い浮かべ気を紛らわせていたのだが、ベッドに静かに横たえられた瞬間、頭が真っ白になって考えていたことが全て吹き飛んだ。

きしむ音を立てて、トリトミロスがすぐ隣へとやってくる。そして、当たり前のように、ファウナの頭の下に自身の腕を通した。

（!? 腕枕……っ）

カチンコチンになって天井を仰いでいると、トリトミロスの方へと身体を向けさせられた。

「こちらを向いてくれねばつまらぬ」

目の前にあるはだけた胸板を、ファウナはひたすら凝視する。少しでも視線を上げれば、目が合ってしまうのだ。この状況で、それは耐えられない。

しかし、大きな問題がひとつあった。入眠前の習慣だ。

「さて、眠るとしようか」

（！　よかった……忘れていらっしゃ）

「顔を上げてくれ。それでは口づけられぬだろう？」

（覚えていらっしゃった……）

トリトミロスの神通力を高め、ファウナが海中でも自由に過ごせるようにするためには、定期的に口づけを交わす必要がある。しかし、自分から言い出すのも突然引き寄せられるのも心臓に悪いため、いっそタイミングを定めてしまおうと、就寝前の習慣にすることを提案したのだった。

一向に顔を上げないファウナの髪を、トリトミロスがそっと撫でる。

「今さら意識することもないだろうに」

楽しげに喉を鳴らしている。ほんの少し悔しくなって、ファウナは顔を上げた。

「……意識なんてしていません」

「そうか？　ならば、お前からしてくれ」

ファウナはこれでもかというほど目を見開き、真っ赤になった。

「無理ですっ！」

「なぜだ」

「……っ、だって……」

「だって？」

「〜〜っ、します」

（少しくらい、動揺させてみたい）

色っぽい口づけをお見舞いしてやろうと覚悟を決めたファウナは、トリトミロスの胸板にすり寄るようにして、身体を近づけた。頬に触れ、唇を近づけようとした……のだが、あと少しのところで止まってしまう。

（……っ、恥ずかしい！）

なにもかもがいたたまれなくなって、ファウナはぼすんとトリトミロスの胸に顔を埋めた。

「ふっ」

（ふ？）

「……は、はははは！」

トリトミロスが声を立てて笑っている。びっくりして、ファウナは顔を上げた。

初めて見る少年のような笑顔に、自分の中の何かが弾け飛ぶ。

「お前は、本当に愛らし――」

言葉の途中で、強引に口づけた。

「んっ」

トリトミロスから微かな声が漏れた瞬間、たまらなくなる。自分から舌を絡めねっとりとした感触に酔いしれていると、唇が離され視界が大きく傾いた。

押し倒されたのだ。そのまま荒々しく口づけられる。

(……っ、ミロス様……)

今、どんな顔をしているのだろう。薄目を開けると、長い睫毛を伏せ口づけにふけるトリトミロスの顔が視界いっぱいに広がった。

全身に甘い痺れが走った。身体の芯が疼いて、どうしようもない。

もっと触れたい。触れられたい。

願いが通じたのか、骨張った大きな手が、ネグリジェの上からファウナの身体をそっと撫でる。感じたことのない熱に、ひとりでに切ない声を漏らしてしまった。

(もしかしたら、このまま……)

そのとき、ふいにメレニアの言葉が蘇った。

『長生きしたいなら、くれぐれも坊やと恋に落ちないことね。子どもなんて作った日には、死……』

(死んでしまったら、ミロス様の傍にいられなくなる)

ぴたりと、トリトミロスの手が止まった。うっすらと瞳を開けると、彼は眉を下げてこちらを見下ろしている。

「すまなかった」

（――あ）

恐れが伝わってしまったのだ。割れ物を触るように、そっと頬を――痣を撫でられて泣きたくなった。言葉にされずとも、彼の思いやりが伝わってくる。

（私は、死んでもいいほどあなたが好きなのに……）

だからこそ、死にたくない。

ファウナは何も言わず、頬に置かれた彼の手にそっと自分の手のひらを重ねた。

トリトミロスの口元に、微かな笑みが浮かぶ。

「そろそろ眠ろうか」

「……はい」

彼の胸に抱かれ、そっと瞳を閉じた。

あたたかい。聞こえてくる心臓の音から、彼が生きているのだと実感する。

（これ以上ない幸せだわ）

自分に言い聞かせているうちに、誰かの腕に抱かれて眠る安心感を、ぼんやりと思い出した。

（……嵐の夜は、いつもお兄様が一緒だった）

はじまりは、まだ五、六歳の頃だった。雷鳴が怖くて眠れなかったという話をうっかりしてしまったことが、妹思いなアルフレードの使命感に火を点けた。

一緒の毛布にくるまり、手を握って眠る。こっそり目を開けると彼はきまってこちらを見ていて、にっこり笑ってくれた。

いつもひとりきりの冷たい布団に別のぬくもりがあることは奇跡のようで、いつしか嵐の夜が好きになっていた。けれど、ずっと苦手なままのふりをしていた。

年頃になっても、雷鳴が轟（とどろ）くと必ず部屋を訪ねてきてくれた彼が好きだった。王太子なのだから城で暮らすのが自然だというのに、いつまでも離宮に住み続けてくれた彼が、好きだった。

（……本当に、好きだったのよ）

頭（こうべ）を垂れ、肩をふるわす彼の姿が蘇る。あの日、何度も繰り返された「ごめん」に、ファウナの気持ちは冷え切ってしまった。

（私が、あなたを責めているはずがないでしょう……？）

「眠れぬのか？」

ぽつりと降ってきた声に、ファウナは視線を上げた。トリトミロスが静かにこちらを見下ろしている。

『ファウナ。眠れないの？』

まだあどけない、アルフレードの顔が重なる。金色の髪のさらりとした質感も、赤い瞳の明度も顔立ちも、痣がなければそっくりだと言われた兄。

「……兄のことを、思い出していました」

ぽろりと、口から言葉が漏れた。

「そうか。お前にはきょうだいがいるのだったな」

リエーレ王室には、ファウナを含め王女が四人、王子が三人いた。その中で母親が同じなのはアルフレードだけ。第二王子レオルカは顔を合わせると気さくに話しかけてくれたが、ずっと隠れ住んでいたこともあり話したことのない者もいる。

そのようなことまで話す必要はないというのに、ファウナは全てを明かしてしまっていた。黙って聞いてくれていたトリトミロスが、「ふむ」と呟く。

「お前を抱けば快適に眠れると思ったが、睡魔は簡単にやってきてくれないらしい。寝物語代わりに、兄について聞かせてくれ」

「……楽しい話ではありませんが……」

「よい。あまり興奮しても寝付きが悪くなるのだろう?」

就寝の前には、しっとりした物語を選び読み聞かせている。悪戯っぽく言葉を返され、ファウナは苦笑した。

「仰る通りですね。……兄は七歳年上で、名前はアルフレードといいます。祖国の王太子……簡潔にまとめれば、次の国王になることを決められている人物です」

ファウナは、アルフレードとの思い出について語った。

離宮から出られないファウナを楽しませようと、冒険記を入手し表情豊かに朗読してくれたこと。読み書きを教えてくれたこと。覚えが早いと頭を撫でてくれたこと。室内でもできる楽器を嗜ませてあげたいと、ファウナに指導するためだけにヴァイオリンを習い始めたこと。嵐の夜は添い寝をしてくれたこと。

そして、ファウナを外に出すため、顔を隠していても不自然ではない「聖王女」という立場を作ってくれたこと。

図らずして、痣を持つ顔が醜いため世間から隠されていたのだと明かすことになったが、トリトミロスは、下手な慰めも母を責める言葉も口にしなかった。ただ、「そうだったのか」と言って、痣を撫でてくれた。

それだけで、救われた気がした。

「……よい兄ではないか。浮かない顔をしていたのは、恋しくなったからか？」

長い語りを聞き終えた彼は、そう尋ねてきた。

「いえ。そういうわけでは……」

「遠慮することはない」

ファウナは「ありがとうございます」と僅かに表情を緩めた。しかし、すぐに影が差す。

「……けれど、本当に、会いたくなんてありません」

「諍いでもあったのか？」

「いえ。兄とは口論すらしたことがありません。いつも、とても優しくしてくれましたから」

「ならば何故(なぜ)……」

「私がいると、あの人はいつまでも自由になれないからです」

兄は純粋に自分を愛してくれているのだと思っていた。あのときまでは――。

「初めて外に出たとき、手を引いてくれたのは兄でした」

聖王女としての人生が始まる日だった。ずっと日の光の下で兄の精悍(せいかん)な横顔を見たいと思っていたから、隣を見上げてみて息を呑んだのだ。

「……泣いていたんです。どうしたのか尋ねたら、懺悔(ざんげ)されました。『あのとき俺が気持ち悪いなんて言わなければ、素顔でだって自由に外を歩けただろうに、ごめん』……って」

「気持ち悪い？」

「彼は母の出産に立ち会っていて……取り上げられた私を見て、後ずさりそう叫んだそうです。あの言葉さえなければ、母は狂わなかったかもしれないと嘆いていました。……兄が私にしてくれたことは、全て罪悪感からのものだったんです」

あのとき、きつく抱きしめられた。小刻みに肩を震わせるアルフレードの腕の中で、ファウナも静かに涙を流したのだ。

同じ状況で男性に抱きしめられているせいで、喉元に熱いものがせり上がってくる。

「……もういなくなったのだから、私から解放されていいのに。無器用な人だから、きっと無理なんです。妹を死に追いやったと自分を責めているはず……」

　彼は海を深く愛し海神に心から敬意を表していたけれど、不運な人生を歩んできたファウナが海神の花嫁になって幸せに暮らしているだなんて、希望的観測は抱けていないはずだ。

　それに、母が自分のせいでやっかみを受けてきたことを知っている彼は、立派な国王になって彼女を守ろうという使命感にまで駆られている。

　いつか心が折れてしまうのではないかと、心配は尽きなかった。だからこそ、自分まで彼を苦しめているという事実が許せなかったのだ。

「……それなのに、私だけがこんなに満たされているなんて……」

　情けない声が漏れた。

　ずっと静かに話を聞いてくれていたトリトミロスが、ファウナの髪をそっと撫でる。

「兄を恨んではいないのだな」

　ドキッとした。

（きっと、ミロス様は私を、心が綺麗な人間だと思っている……）

　トリトミロスに幻滅されたくない。けれど、それよりも、彼に嘘（うそ）をつく自分にはなりたくないという気持ちが勝った。

「……いいえ、恨んでいます。だって、別の人生を歩んでいたのなら、兄と私はきっと別々に暮らしていた。……思い出が全てなくなるんですよ？　それでもいいと思っているなんて、ひどい話でしょう？」

泣き笑いのような表情になったファウナを、トリトミロスは優しい眼差しで見つめている。

「そうか。兄のことが好きなのだな」

「……はい」

これは本当の気持ちだ。罪悪感からの行動だったとしても、彼がかけてくれた言葉やぬくもりは嘘ではないから、慕う気持ちも消えはしない。

娘が可哀想（かわいそう）な存在だと――自分が産んだ異物なのだと認識するのを避けるように、閉じ込め、物だけ与えて滅多に目も合わせてくれなかった母と二人きりだったのなら、きっとファウナは壊れてしまっていた。

「……さて。今度こそ、眠ろうか」

「はい」

髪を撫でてくれる手が優しい。鼓動を聞きながら、そっと瞳を閉じてみた。

（……本当に、十分すぎるほど幸せだわ。……お兄様……あなたは？）

答えのない問いかけとともに、ファウナは夢の淵（ふち）へと落ちていったのだった。

第五章　想いを馳せて

精霊たちが取り囲んでいる。主を真似て、「はなよめっぽいファウナ、つぎはこれ！」

甘やかな衣装を身に纏い広間で本を開くファウナを、精霊たちが取り囲んでいる。主を真似て、読み聞かせをしてもらいたがるようになったのだ。

「わかりました。……その前に、少しだけ休憩してもよろしいですか？」

「いいよー」

「外に出てきます。すぐに戻りますね」

ファウナは玄関から出ると、白いベンチにゆっくり腰を下ろした。海底の景色を眺めるのが好きなファウナのために、トリトミロスに命じられた精霊たちが創造してくれたものだ。

自然とため息が漏れた。

（……花嫁か）

精霊たちからの呼び名が「ファウナ」から、「花嫁っぽいファウナ」に変わったのは最近のことだ。トリトミロスと就寝するようになったことで、先代と彼の花嫁のような関係に近いと解釈されたらしい。

たしかに口づけを交わし互いを支え合っているが、彼らとはまるで異なる間柄だろう。むさぼるような口づけもあのとき以来されていないし、一緒に寝ても髪を撫でられたり抱き寄せられたりということ以上はない。

それに比べて先代たちは、身を滅ぼすことがわかっていてなお互いを求めた。狂おしいほど愛し合った二人を夫婦と呼ぶのなら、同じ呼び名ではいけないのだ。

「辛気くさい顔してるじゃない」

聞き覚えのある声が降ってきた。顔を上げてみて、ファウナは目を丸くする。

「メレニア様……」

白いイルカの背に乗った彼女は、すぐ頭上で艶やかな笑みを浮かべていた。身体のラインが強調された黄金のドレスは、やはり胸元と脚があらわになっていて目のやりどころに困る。

「まだ生きているなんて。よかったわね。それとも、残念ね、かしら？」

「……お久しぶりです。海神様にご用事ですか？」

言葉がぐさりと胸に刺さったが、ファウナは取り合わずに尋ね返した。

「いいえ、あなたに会いに来たのよ。そろそろ恋の悩みを打ち明けたい頃じゃないかなあって」

イルカの背から慣れた様子で降り立ったメレニアは、にこにこと上機嫌だ。おそらく、いい暇つぶしになると思われているのだろう。

「……ご期待に添えず申し訳ありませんが、恋なんてし……」

「というわけで、気分転換がてら地上に行きましょ」

「え？」

「どうせ海神様の許可なく〜って答えるつもりでしょう？　私直々に話をつけてあげるわ」

一方的なことを言い、メレニアは玄関扉を開けた。しかし、中に入ろうとした瞬間、何かに弾かれて地面に尻餅をついてしまう。

「〜〜っ、いったあ！　何よお！」

「音の神専用の結界だ。用があるならそこから話せ」

トリトミロスが、ゆったりとした足取りで住まいから出てきた。いい眺めだと言わんばかりに顎を上げてメレニアを見下している。

「……ったく。若造で、しかも半神のくせに生意気だわ」

メレニアは憮然とした様子で立ち上がると、下ろした髪をざっくりかき上げた。

「この子が気分転換したいんですって。私もちょうど用事があるし、地上に連れて行ってあげてもいいわよ」

「！　メレニア様」

(私は気分転換したいだなんて一言も……)

「ほう。音の神にしてはよい提案だ」

てっきり断ってくれるものだと思っていたため、ファウナは目を見張った。トリトミロスが諭すような瞳でこちらを見る。

「やらねばならぬことがあるのだ。私のことは気にせず、思う存分楽しんでくるといい」

ここのところ、彼には『穢れ』の処理以外に、多忙を極めている仕事があるようなのだ。よほど疲れているのだろう。ファウナが入ったことのない場所にこもりきりな彼は、口づけを交わしベッドに横たわればすぐに眠ってしまう。手伝えることがあればと思い詳細を尋ねたこともあるが、「神通力を高めてくれているだけで十分だ」とやんわり拒絶されてしまった。

(じゃまをしてしまうくらいなら……)

「ありがとうございます」

ファウナは控えめに微笑んだ。途端に、メレニアが腕を絡めてくる。

「決まりね。早く中に入れてちょうだい。レディは身支度に時間がかかるのよ」

そのあとの展開は、想像した通りだった。

精霊たちが張り切って二人分の衣装を創ってくれたのだ。メレニアの注文は、上品かつ色香漂うレディとそのメイド……。彼女がファウナに声をかけたのは、メイドを連れて歩きたい気分だったから、という実に自分本位な理由だったと知った。同行を求めてきたのも納得だ。

そして今、髪をお団子にまとめ、スタンダードでありながらフリルがたっぷりあしらわれたメイド服に身を包んだファウナは、呆然と立ち尽くしていた。

先ほどまで海底にいたはずなのに、建物に挟まれた薄暗い路地へとやってきているからだ。にぎやかな声が聞こえてくるが、周囲にはメレニア以外誰もいない。

「今のは私の力よ」

得意げに口角を上げた彼女は、豪奢な襟飾りのついた藍色のバッスルドレス姿で、緩やかにまとめた漆黒の髪に小さなトップハットを飾っている。地味な色合いと露出の少なさがかえって彼女の妖艶な魅力を引き立てているようで、魅せ方をよくわかっていらっしゃると素直に感心してしまった。

リエーレ人に漆黒の髪の者はいないため、旅行で訪れた異国の貴婦人といった印象を人々に与えるだろう。

「ふふ。驚いたみたいね」

「はい、とても」

「素直でよろしい。さあ、行きましょ……」

「っ、メレニア様」

歩き出そうとした彼女を、思い切って呼び止める。

「なあに？」

「……畏れながら、地上では私の名を呼ばないでいただきたいのです。聞き届けていただけますか……？」

きょとんとしていたメレニアだったが、すぐに合点がいったようだった。

「あなた、ワケありだものね」

「！　ご存じなのですか……？」

「ここにはよく来るし、イルカたちから噂話も聞いたもの。持っている情報を合わせれば、簡単にわかるわよ。今は気分がいいから聞き入れてあげる」

ファウナはひとまず胸を撫で下ろした。

「ありがとうございます」

（ありふれた名前じゃないもの。顔立ちを見て、もしかしてと思われたら困るわ）

などと考えながら、颯爽と歩き出したメレニアについていく。薄暗かった路地が徐々に明るくなり、隣接する建物同士の屋根の隙間から、太陽がちらちらと顔を覗かせるようになる。

やがて、眩しい日の光がファウナに降り注いだ。肌に感じる生ぬるい潮風といい新鮮なのは、ヴェールを身につけずに外に出たのが初めてだからだ。

（……本当は隠したかったけれど、ヴェールなんて着けたら正体を明かしているようなものだもの。我慢するしかないわよね……）

それが嫌なら、そもそも地上になんて来るべきではなかったのだ。早くも後悔しながら、ファウナは目の前に広がった景色を眺めた。

白壁の店が立ち並ぶ、横幅の広い大通りだ。緩やかな坂道になっており、その遥か先、視線を上げると王城が見える。間違いない、ここは王都なのだ。

初めての土地を訪れたような気持ちになるのは、街を歩いたことがなかったからだ。王都の外れにある離宮から中心部にある礼拝堂に向かうときも、公務で地方を訪れるときも、馬車での移動ばかりだった。幼少期は街の景色に興味があったが、そんなことを言える雰囲気ではとてもなかったし、決して出してはもらえなかっただろう。

(とてもにぎやかだわ)

談笑しながら大通りを行き交う人々、書店の店主と熱心に話す女性、花屋の軒先でしゃがみ込み花を選んでいる男性。追いかけっこをしながら細い路地に駆け込んでいった子どもたちを、母親が慌てて追いかけていく。海神祭の時期は、国内外から観光客が訪れ、さらに露天商も敷物を広げているというのだから、これ以上の活気に満ちていることだろう。

ふいに視線を感じたため無意識にそちらを向くと、同い年くらいの少女と目が合った。その途端、素早く目を逸らされてしまう。

彼女は、ファウナに異質なものを見るような目を向けていた。ズキンと胸が痛む。

(馬鹿な私。どうして見てしまったの……？)

帰りたい。今すぐ海底に帰って、トリトミロスの腕に包まれ眠りたい。

(……あの方は、この痣が好きだと言ってくださっている)

トリトミロスの顔が、言葉が蘇る。おかげで、ファウナは路地裏に逃げ込むことなく足を前に進めることができた。

遠く離れていてもなお、彼はファウナを支えてくれるのだ。

(離れたばかりなのに、もう会いたい)

「坊やのことを考えてるんでしょ?」

ハッとすると、メレニアが速度を落としすぐ隣にやってきていた。

「図星ね。大方、一緒に街を歩きたい〜ってとこかしら? あれが地上に降り立ったら、女たちから注目されっぱなしでしょうね。見た目だけはいいもの」

(この方はまた……)

思わずムッとしてしまった。そしてすぐ、思考は別のところへ向かう。

(ミロス様と地上を歩くなんて、この先あるのかしら?)

彼は以前、ノクトの熱心な勧めでファウナの舞を見たと言っていた。もし地上を訪れたというのなら、この道を通っただろうか。露店に並ぶ装飾品や芸術作品を見たり、かぐわしいパンや焼き菓子の匂いを嗅いで、どんな感想を抱いたのだろう。

(帰ったら聞いてみましょう。もちろん、お忙しくないときに)

会いたい気持ちをさらに募らせながら、ファウナはメレニアの半歩後ろを歩いた。化粧品や香油を買って帰りたいと思っていたのだが、そもそも硬貨を持っていないため断念する。

足を止めず進んでいくメレニアも、買い物をするつもりはないらしい。

やがて彼女は、迷いなく二股の道の片方を選んだ。王都の地理に詳しくないファウナでも、微かに聞こえてくる管弦楽の音色、歌声から目的地がわかる。

(記念公園だわ)

予想通りだった。海を望むことができる広々とした場所で、舗装された床には貝殻が埋め込まれ、龍の大きな彫刻を台座に載せた噴水が中央に設置されている。

ここは、花嫁伝説当時の国王が、海神に感謝を伝えるべく造らせたという公園だ。今では、芸術家たちの思い思いのパフォーマンスが楽しめる場所として、地元民はもちろん観光客から人気を集めている。

「さて。収穫はあるかしら」

メレニアは軽い足取りで公園へと入っていった。

(……そうか。音の神様だものね。きっと、気に入る音を探しに来たのだわ)

ちょうど誰かの演奏が終わったらしい。鳴り響く拍手を聞きながら敷地内におそるおそる足を踏み入れてみると、明るい声が耳に届いた。

「わたし、聖王女様に会ったことがあるの！」

ドキッとして足が止まる。

声の主は、七、八歳ほどの少女だった。画家と思われる、地面に布を広げた男の前に、無邪気な表情でしゃがみ込んでいる。

布の上にずらりと並んだ作品の中には、ヴェールで顔を覆い隠した聖王女の姿絵があった。

（……あの子、たしか……）

一年ほど前。地方の礼拝堂を訪れたとき、少し年上に見える少女と一緒に花冠をつくり贈ってくれたはずだ。あのときよりも大人(おとな)びていたため、一瞬わからなかった。

「お姉ちゃんと花冠を作って渡したら、ありがとうって言ってくれたのよ。髪の毛がつやつやで、近くに来るといい匂いがして……わたし、あこがれちゃった」

「ほう、それはいい思い出だ。その髪飾りは、聖王女様の真似っこかい？」

にやりとされた少女は、照れくさそうにはにかんだ。たしかに、前髪の生え際に幅の広いカチューシャをつけている。

「うん。ママにおねだりして買ってもらった宝物よ。聖王女様のみたいに、キラキラ光ってはいないけどね」

「そうか。お嬢ちゃんは、聖王女様が大好きなんだね」

「うん。また会いに来てくださいって言ったら、わかりましたって答えてくれたんだよ！　だけど……海神様のところに行ったなら無理だよね。……もう、一生会えない……」

少女が、しゅんと肩を落とした。

（ずっと覚えていてくれたなんて）

その場をしのぐため、返した言葉に過ぎなかったというのに。

花冠だって、持ち帰りこそしたが、枯れかけるとすぐに捨ててしまった。こんなにも慕い、心を込めて作ってくれたものだなんて、思いもしなかったのだ。

この子はどうして礼拝堂に通っていて、どうして今あそこから遠く離れた王都にいるのだろう。何もわからない。

十六年の人生を振り返ってみれば、人との関わりというものは少なからずあった。それなのに顔以外知らないのは、知ろうとしていなかったからだ。

あのヴェール越しの世界に、ファウナは存在していなかった。

空気のように佇み、同意を求められれば頷き、祈れと言われれば祈る。そこに自分の意思はなく、こんなものだと一歩引いたところで見ていたように思う。

「お嬢ちゃん」

少女を気の毒そうに見ていた画家が、聖王女の姿絵を手に取った。

「ほら。特別にプレゼントだ」

「！　いいの!?」

「ああ。この絵も、お嬢ちゃんにもらわれて喜んでるだろうよ」

「おじさんありがとうっ！　大切にするね！」

ぺこりと頭を下げた少女は、絵を両腕で抱きこちらに向かって走ってきた。

「ママ！　見て！　この絵、もらっ……」

避けようとしたときには遅く、勢いよくぶつかられた。尻餅をつき半べそをかいている少女に、ファウナは思わず声をかけてしまう。

「大丈夫？」

「ありがと……」

顔を上げた少女が目を見開いた。

（あ。痣……）

「ミーナ！　すみません、この子ったら……」

駆けつけてきた母親が、少女を助け起こした。娘がじっとファウナを見上げていることに気づき、こちらを見て息を呑む。

「……！　すみません、ほら、あなたも！　じろじろ見ちゃ失礼でしょ！」

「その痣、かっこいいね」

一瞬、何を言われたのかわからなかった。しかし、彼女は屈託のない笑顔を浮かべてファウナを見上げている。

「――っ、ありがとう。気に入っているの」

十六歳の少女らしい、可憐な笑顔が自然と浮かぶ。その瞬間、海底しかなかった世界が一気に広がった気がした。

（ミーナ……。今度は、覚えておくからね）

手を振り去っていく少女を見送っていると、隣から声がかかった。

「いい顔になったじゃない」

メレニアだ。畏れ多くも存在をすっかり忘れていたが、傍で様子を窺っていたらしい。

「連れ出していただき、ありがとうございました」

感謝を伝えずにはいられなかった。メレニアは目を丸くしたあとで、おかしそうに笑う。

「私のこと嫌ってるんじゃなかったの？」

「！　そんなことは……」

「ふふ。あなた、やっぱり可愛いわ」

そう言うなり、メレニアはファウナの額にそっと口づけた。やわらかな感触に、冗談みたいにドキン！　と心臓が跳ねる。さすがは女神だ。恐ろしい。

「い、今のは一体……」

「喜びなさい。幸運が舞い降りるわよ」

「え？」

「加護をあげたの。あの幼子に笑いかけたときと、私に感謝を伝えたとき……声がやわらかな響きを持っていた。すごく気に入ったわ」

メレニアが、よしよしと頭を撫でてくる。

「またあの響きが聞きたいから、これからは甘やかしてあげる」

ありがたいような、末恐ろしいような。ファウナはひとまず曖昧な笑顔を浮かべた。

「さて、目的も果たせたし帰りましょうか。あまり遅くなると、坊やがうるさそうだもの」

海を渡ってきた潮風が、メレニアの後れ毛を揺らす。

(いい香り)

彼女と過ごした時間は、思いがけず心に残るものとなった。


「帰ったか」

玄関先でメレニアと別れると、ちょうど扉が開きトリトミロスが顔を出した。

出迎えてくれたことが、再会がたまらなく嬉しくて、ファウナは自然とにこやかに笑う。

「はい。外出をお許しいただき、ありがとうございました」

「楽しめたようだな。あれに悪さをされていないかと、送り出したあと落ち着かなかった」

「ふふ。心配しすぎですよ。とてもよくしていただき……」

「ああ、悠長に話している暇はないのだ。ついてきてくれ」

急かされるなんて珍しい。不思議に思いつつ大人しくついていった先は、住まいの裏手に立っている小屋だった。近頃トリトミロスが入り浸っていた場所だ。

(ここは……倉庫なのかしら？　ずいぶんとごちゃごちゃしているわね)

端に寄せられた書斎机には、ドライフラワーになってしまっている花束がいくつも重ねられ、床には使い道のわからない不思議な置物や、やかんや鍋などの人間が使う調理道具が乱雑に並べられていた。劣化が見て取れることから、地上から持ち込んだものだということがわかる。

窓がないため、ここにも球体の灯りが浮かんでいた。

「全て先代が遺したものだ。ひとまずここに運び入れたが、まるで使わぬ。……この鏡以外はな」

たしかに、正面に置かれた鏡の周辺だけ物が避けられていることがわかる。長身なトリトミロスの背丈ほどある大きなもので、波のような彫り込みが施された、銀の縁取りが美しい。

「これを使えば、地上を覗くことができる」

トリトミロスは繋いでいた手をほどくと、鏡へと近づいていった。ファウナには理解できない言葉が使われた呪文を唱えながら、両手を鏡にかざす。

ドクン、と鏡面が脈打った。水が張られているかのように波紋が広がり、やがて景色が浮かび上がる。それを見た瞬間、ファウナは目を丸くした。

「！　ここは……」

「お前の部屋だ」

鏡に映っているのは、間違いなく離宮にあるファウナの自室だ。つる草模様の壁には、アルフレードがお土産(みやげ)に買ってきてくれた絵葉書がいくつも飾られている。背の高い本棚にも本がびっしり入れ込まれたまま……。その他(ほか)の家具の配置も、何一つ変わっていない。

「……ミロス様。どうしてここを見せ……」

『わ。すごい量の本……。読書が好きだったんだね。もっと早く知りたかったなぁ』

鏡の向こうから、無邪気な声が聞こえてきた。男性のものだ。

(この声……レオルカ殿下よね？　だったら……)

(！)

『レオ。悪いけど』

『うん、わかってるよ。激務の中立ち寄らなくちゃいけないほど、大切な用事なんでしょ？僕は外で待っているから、ごゆっくり』

『ありがとう』

(――――お兄様)

思った通りだった。彼の人柄を表したようなやわらかな声に、喉(のど)の奥がカッと熱くなる。

(どうして)

扉が閉まる、微かな音が耳に届く。まもなく、アルフレードが姿を現した。

歩くたびにサラリとなびく黄金の髪に、豊かな睫毛(まつげ)に縁取られた真紅の瞳。すっと通った鼻筋も、ほどよくふっくらとした唇も、無駄な肉のない輪郭も、ファウナにとてもよく似ている。

胸飾りの付いた白いシャツに、きらびやかな金の装飾があしらわれた深緑色の上着を羽織った彼は、壁に立てかけられていたファウナのヴァイオリンケースを手に取った。

優しい手つきで取り出されたヴァイオリンは、待っていたとでもいうように窓から差し込む日の光を纏い輝いている。

彼はヴァイオリンを手にしたまま、窓辺へと向かった。開閉ができないアーチ窓からは、きらめく海がよく見えるのだ。

『ファウナ』

名前を呼ばれ、心臓が跳ねた。彼は、窓の外を見つめている。

『兄さん、もうすぐ国王になるよ。お前は、あの美しい海の底で、海神様に愛されてる?

……本当に、そうであってほしい』

(お兄様……)

『住まいを城に移したんだ。もうここへは来られなくなる。……だから……最後に、ここでこの曲を奏でたかった』

アルフレードは窓を横目に、ヴァイオリンを構えた。弦が動き、一音目がやわらかく響き渡る。それだけで、何の曲なのかわかってしまった。

（『天使（ファウナ）のためのエチュード』……っ）

アルフレードが、ファウナの練習用に考えてくれた曲だ。初心者向けではあったが、ロマンティックな曲調がとても好きだった。彼とよく重奏したものだ。

やわらかな日差しが入り込む、二人だけのこの部屋で。初めて完奏できたとき、「やった！」と自分のことのように喜び抱きしめてくれたことを思い出し、目頭が熱くなる。

（本当に、罪悪感だけだったの？）

最後の一音が、余韻を残して消えていく。

アルフレードが誰にともなく深く一礼し、顔を上げた。真紅の瞳が潤んでいることに気づいた瞬間、もうだめだった。涙が頬（ほお）を伝う。

『どうか、兄さんを見守っていてくれ。ずっと、愛しているよ』

彼が部屋を見回し出ていっても、涙は止まらなかった。

「兄のことを気にかけていただろう？　ちょうど、使用人がアルフレード殿下が来ると話していたのでな。間に合ってよかった」

「……っ、ありがとうございます」

深く頭を下げると、こぼれ落ちた涙が足下に染みを作っていく。すぐに影が落ち、トリトミロスの腕に包まれた。

「お前が神通力を高めてくれたおかげだ」

「……そんなこと……」

「事実だ。この鏡は海神にしか使えぬ。精霊たちには頼れなかったからな」

顔を上げると、すぐに視線が交わった。さらに涙腺が緩んでしまうくらい優しい眼差しだ。

角度によって色を変える青い瞳——これほど美しいものをファウナは他に知らない。

「涙とは美しいものだな」

そう言ってくれるのなら、拭わずにいよう。ファウナは流れる涙もそのままに、小さく笑顔を作った。

「いつか兄に会いに行きたいです。方法は……また、一緒に考えていただけますか……?」

「もちろんだ。水龍に乗って、城の窓を突き破ってもよいぞ。さぞ驚くだろうな」

「ふふっ。ミロス様ったら」

眉を下げて笑い、ファウナはトリトミロスの胸に頬を預けた。

やがて、ぽつりと静かな声が降ってくる。

「……不思議だな。少し前の私だったら、地上に行くなどありえなかったというのに」

「?　私の舞をご覧になっていたんじゃ……」

「鏡を使ったのだ」

トリトミロスは、この鏡には脳裏に強く思い描いた物や場所、人物、もしくは指定した条件に合うものを映し出す力があると教えてくれた。しかし万能ではなく、海水を通してしか見ることができないらしい。

思い返してみれば、海神祭で舞った海上舞台の上部には、海水を入れた球体の飾りがいくつも吊されていた。ファウナの部屋にも、海水を閉じ込めたガラス細工がある。

「てっきり、ノクトさんと地上にいらしたのだと思っていました」

「ああ。誘われたのだが、断ったのだ。……過去に一度地上に降り立ったとき、人々の感情の渦にあてられてしまった。以来、海底から出ていない。……鏡越しならば、色が確認できる程度で済むからな」

淡々と話しているが、深い傷を負ったのだろう。ファウナは唇を引き結び、トリトミロスの手にそっと指を絡めた。ぎゅっと握る。

トリトミロスが微かに目を見開きこちらを見下ろす。目が合った瞬間、口角だけで微笑んでくれた。大人びた、それでいて儚げな笑みに、トクンと胸が鳴る。

(この人を癒やし守れる存在でありたい)

それが夫婦という関係ならば、この麗しい人の花嫁になりたい――。

そう、強い願いを抱いた。気づかれてしまったら白状してしまおうと思ったのだが、触れられなかったため心にしまう。

トリトミロスは本当に気づかなかったのか。それとも、気づかないふりをしたのか。

確認するにも、素直に想いを伝えるにも、まだ少し勇気が足りなかった。

＊　＊

穏やかな日々に陰りが見えたのは、いつものように塔で働いていたときだった。

(……気のせいかしら)

海神祭における演舞用の衣装によく似たドレスを身に纏ったファウナは、腰に巻いた水色のリボンを揺らしながら、ふわりふわりと鳥籠の中を見て回った。

(やっぱり。『穢れ』の量が増えている)

初めてここに来たときと比べて、明らかに小瓶の量が多いのだ。

穢れは人間の悪感情だと聞いた。つまり現状は、リエーレ国民の精神状態がよくないということを示している。

しかし、今年は天候に恵まれたことで豊作で、海産物も多くとれていると聞いた。海神祭でも、そのことに対する感謝を国王が壇上で述べていたのだから間違いない。

(どうして……)

物思いにふけりながら下降していると、あと少しで着地というところで肩に衝撃を覚えた。

「!?」

「わ！」

　近くを浮遊していた精霊とぶつかってしまったのだ。小瓶が、目の前を落下していく。

　床にぶつかった瞬間に割れ、ガラス片がゆっくりと舞い上がる。キラキラと輝くそれを呆然と見ているうちに、脳に、微かな音が流れ込んできた。すすり泣く、男性の声だ。


『あんなもの、書かなければよかった……』

『俺(おれ)のせいで、リエーレの未来が変わってしまう』

『誰にも言えない』

『怖い』

『死にたくない』

『臆病(おくびょう)者だ。俺は』

『海神様……どうか……』

『――アルフレード殿下が危ない』


「……ナ、ファウナ！」

　ハッとすると、自分の手が視界に入った。どうやら両手をつき座り込んでいたようだ。

　水中だというのに、どっと冷や汗が噴き出したのがわかる。

（今の……）

「ファウナ」

小さく顔を上げると、険しい表情のトリトミロスに顔を覗き込まれた。遅れて、彼の呼びかけのおかげで現実に戻って来られたのだと気づく。

『穢れ』にあてられたのだろう。……気分はどうだ？」

床に膝をついたトリトミロスが、気遣わしげに尋ねてくる。

「……ミ、ロス様……兄が……もしかしたら……」

やっとのことで声にすると、トリトミロスが息を呑んだ気配がした。

「あの者は……現時点では死んでいない」

「！　何かご存じなのですか!?」

「……」

押し黙ったトリトミロスは、意を決した表情で口を開いた。

「戴冠式で暴動が起きた」

（え）

「第二王子……レオルカ、だったか。奴が主導し、国王とアルフレード、その他発言力を持つ者たちを拘束した。奴の狙いは、戦争に加担することだ」

「――っ！」

頭が真っ白になる。たしかにレオルカは、軍備を拡張すべきだと主張していた。あれは、国防のためではなかったのか。

「『穢れ』の声で気になるものがあったのでな。ノクトの知恵を借り、ようやく状況を把握したところだ」

レオルカに協力しているのは、軍の一小隊だという。

おそらく、海上護衛隊だろう。隊員は十数名。リエーレの海域を見回り不審船がいた場合対処するのがよく知られた役割であり、レオルカが外交をする際の送迎や現地での護衛も務めていることから、繋がりが深いことも知られている。

精鋭ぞろいだということでも有名だ。戴冠式の会場を封鎖するくらいわけないだろう。

彼らの他にも、軍事国家となることで利益を得られる商人貴族の組織が引き込まれており、「国王とアルフレード殿下が共謀してヴォルガ連邦にへりくだろうとしていたため、レオルカ殿下がやむなく拘束した」と嘘（うそ）の情報を市中に流すのに一役買ったようだ。ヴォルガ連邦とは北の軍事大国であり、近隣諸国を攻め落とし世界平和を破綻させている国の一つとして知られている。

現在は同じ規模の大国と勢力争いを行っており、同盟国を増やすべく、たびたびリエーレにも使者を派遣してきていた。文書に調印をするところを目撃したとでも言えば、民衆は簡単に納得してしまうだろう。

（レオルカ殿下が……？　嘘でしょう……？）

　彼は、国民にも知れ渡るほどの兄好きだった。

　どこかしこでアルフレードのことを褒め称え、公務を共にすることがあれば誇らしそうに隣を歩き、笑顔で冗談を言い合う姿が微笑ましいと評判だったのだ。

　アルフレードからも、幾度となくレオルカとの話を聞かされた。自分の知らない兄を知る彼が羨ましく思えたことは、一度や二度ではない。

（全て、演技だったということ……？）

「ファウナ」

　震える身体を、トリトミロスがそっと抱き寄せ包み込んでくれた。

「戦は『穢れ』を生む。よって私は、事態の収拾に当たることにした。――お前の兄も救い出す。約束しよう」

　耳元で伝えられた言葉に、ファウナは息を止めた。トリトミロスの肩を押すようにしてそっと身体を離し、困惑気味に尋ねる。

「……けれど、どうやって……？」

「幽閉場所は特定済みだ。水龍で突破し、アルフレードを連れ出す」

「！　地上に行くのですか!?」

「ああ。レオルカが国民の前に立つ予定があるというのだ。そこに、水龍に乗ったアルフレードが現れれば……」

（恐れがあると仰っていたのに）

ファウナは、トリトミロスの両肩を強く掴んだ。

「私もお供させてください」

「いいや。兄と再会したい気持ちはわかるが、機会をあらためた方がいいだろう。お前を敵陣に連れていきたくはない」

「……私もミロス様に傷ついてほしくありません！　怪我だけじゃなくて、心も……！」

「──っ」

目を見て必死に伝えると、トリトミロスがふっと笑みを漏らした。

「案ずることはない。お前のことを思えば、恐れなど吹き飛ぶにきまっている」

「それでも不安ならば、私に力をくれ」

優しく引き寄せられ、唇を重ねられた。

離れたくないと強く願ったあとだからだろうか。互いの力が、いつも以上に二人の間を循環している気がする。

（私の力を、全部持っていって）

強く願うと、唇が静かに離された。

「すぐに戻る。ここで待っていてくれ」

そう言い、トリトミロスは静かに立ち上がった。座り込んだままのファウナに背を向け、悠然と歩き出す。

ひとつに束ねられた銀髪がサラリと揺れるのを見た瞬間、駆け出したくなった。背中から抱きついて、離れたくないと伝えてしまいたい。

(けれど、ミロス様が望んでいる言葉は……)

「お気をつけて」

扉を出る直前で、トリトミロスが小さく振り返る。穏やかな笑みだ。

ファウナも同じように返そうとしたけれど、うまく笑えなかった。

第六章　光満ちる街

トリトミロスは水龍(すいりゅう)にまたがり、海面に向かった。水の色が海底の灰色がかった青から薄い青になり、やがて、日の光を感じさせる鮮やかな明るい青に変わっていく。

気をつけてと見送ってくれたファウナの顔を、何度も思い返した。

(必ず帰るとも)

水龍が、海面から優雅に飛び出した。眩(まぶ)しい太陽の光に照らされた瞬間、トリトミロスは反射的に目をつぶる。ゆっくりと瞼(まぶた)を押し上げると、晴れ渡った青空が視界いっぱいに広がった。

口の中が乾いていく感覚がある。肌に感じる潮風の生ぬるい温度も、海底では味わえないものだ。

(一気に上昇だ)

念じると、水龍が身体(からだ)を垂直にして空を登っていく。耳がキンとして若干の息苦しさを覚えるが、じきに楽になった。

水龍は、地上からはっきりと目視できない程度の高さを迷いなく進んでいく。

（……これから先、人間をたくさん見ることになるだろう）

暴力的な色彩に圧倒された過去を思い出すと、身体が強ばる。しかし、やり遂げると決めたのだ。ファウナの晴れやかな笑顔を見るために、アルフレードを救いたい。ファウナと暮らす美しい海を守るために、戦争を回避したい。

（我ながら、随分と変わったな）

ほんの少し前の自分だったら、こうして陸に向かうことはなかっただろう。海底で激しい嵐を起こし、人々を畏怖させるくらいで消滅していたはずだ。あとは次代の海神に託せばいいと、未練さえ抱かなかったに違いない。

唯一、ノクトとの別れは惜しんだだろうか。

（あれは、本当に不思議な男だ）

王都で起きた異変を察知したあと、真っ先に意見を求めたのはノクトだった。王位をアルフレードに継承させたいと打ち明けると、すぐに一連の計画を立ててくれた。監禁場所についても、トリトミロスが『穢れ』の声から得た断片的な情報からノクトが断定したのだ。

そのときの、一切迷いのない様子がひっかかった。ずっと覚えていた違和感の正体が掴めそうな気がしたのだ。

特異体質を手に入れた時点で、彼はただの人間ではない。

しかし、そういうことではなく、もっと別の……。

（今は考えずともよい。集中しよう）

トリトミロスは、眼下の景色に意識を寄せた。

指先に載るほど小さな建物がぎっしりと立ち並ぶ街には、水路が張り巡らされている。あそこを通り『穢れ』が海へと流れ込むのだなと納得した。

やがて、小高い丘の上に立つ城が目に飛び込んできた。円筒型の塔と紺碧（こんぺき）の屋根を持つ、白亜の城だ。丘の下は海で、城のシルエットがくっきりと海面に映り込んでいる。

普段通りなのか、それとも権力者を監禁しているからなのか、城門に繋（つな）がる跳ね橋が上げられていた。門の前には兵士が二人。裏手に三人、塔の頂上には二人おり、侵入者を許すまじと警戒を強めている。それぞれから純粋な使命感の色が放たれているため、レオルカと協力関係にある部隊の者たちではないとわかった。

（アルフレードは、塔の最上階にいるとノクトが言っていた。……あれならば、水龍で突破できそうだ）

アーチ型の格子窓を見たトリトミロスは、続いて塔の頂上に立つ兵士たちに視線を移した。目的の窓のすぐ上に一人いる。じゃまだ。

「……脅かしてやるか」

トリトミロスは、窓の逆方向の海面を見下ろすと、つまみ上げるような仕草をした。大型船を一隻呑（の）み込む程度の波が起こる。

ザパーン！　と水飛沫が上がった。

「!?　何だ!?」

兵士たちの気が逸れた一瞬に、勝負をかけた。

（龍よ。突き破れ）

水龍は軽く半身を引くと、弾丸のごとく塔へと急降下していく。まるで火を吐く龍のように窓に向かって勢いよく海水を放射させると、鉄格子がぐにゃりと曲がった。

（いける）

トリトミロスは龍の角をきつく握り、上体を低くした。

ガシャーンッ！

けたたましい音を立てて、窓ガラスが割れる。頬と手の甲に、焼けるような痛みが走った。飛び散ったガラス片で切ってしまったのだ。生粋の神ならば一瞬で治るが、トリトミロスの場合、傷が完全に塞がるまでには少し時間がかかる。ファウナの元に無事帰るため、力の消耗はもちろん、外傷にも気をつけなければならない。

トリトミロスは乱れた前髪をはらい、壁に背中をぴったりとつけた青年を見つめた。

「瓜二つだな」

思わず感想が漏れる。真紅の瞳をこれでもかというほど見開いた青年は、鏡越しで見るよりもずっとファウナに似ていた。

「……あ……あなたは一体……」

「前に乗れ。話はあとだ。急ぎここから脱出する」

「！　……はい！」

弾かれたように返事をしたアルフレードが、トリトミロスの前に素早くまたがる。

そのときちょうど、扉が乱暴にノックされた。

「アルフレード殿下!?　失礼しますよ！」

「角を掴め。――行くぞ」

水龍の足にぐっと力が入る。そして吹き抜ける風のように、無残な姿になった窓の外へと飛び立った。直後、背後で扉が開いた音がする。

「!?　これは……。……!?　おい、殿下がいないぞ！」

兵士の慌てふためく声が微かに耳に届いた。他の兵士たちが駆けつける気配もする。

王子が海に身を投げたと騒ぐ者、窓を割り逃げたふりをして隠れ、脱出の機会を窺っていると考える者もいるだろう。いずれにせよ、これで時間が稼げる。

「よく掴まっておくように」

水龍が、再び身体を垂直にして上昇を始める。

「わあっ！」

アルフレードの悲鳴が上がった。角を握っている彼の手が離れそうになったため、トリトミロスは自身の手を上から重ねて力強く押さえつけた。

じきに水龍が体勢を戻すと、二人はそろって息を吐き出した。

(ひとまずうまくいったか)

アルフレードが、軽く首を捻(ひね)ってこちらを見る。

「……申し訳ございませんでした。助けていただき、ありがとうございます」

「よい。こちらも無茶がすぎたようだ」

アルフレードはこちらを向いたまま、トリトミロスの瞳をじっと見つめている。

やがて、躊躇(ためら)いがちに尋ねられた。

「あの……あなたはひょっとして……海神様、でいらっしゃいますか……?」

「その通りだ」

「!? このたびは、助けていただき誠にありがとうございました……! それで、あの……」

何から質問すべきなのかまとまらないといった様子だ。突然龍の背に乗った男に連れ出され空を飛んでいるのだから、気が動転してしまっても無理はない。

トリトミロスは助け船を出すことにした。

「お前を第二王子の元へ送る」

「え」

「海沿いの広場で演説が行われると聞いたが、間違いないか?」

「は……はい、そういった話を警備兵がしているのを耳にしました」

「そうか。では、疑惑を晴らす心づもりをしておいてくれ」

アルフレードが息を止めた。

「……こんなふうに力を貸してくださるのは……妹が……ファウナが望んでくれたからでしょうか……？　あの子は、本当に、あなたの花嫁に――」

「花嫁ではない。しかし、愛おしく思っている」

はっきり答えると、アルフレードは「そうですか」と優しく瞳を細めた。

「ファウナは元気にしていますか？」

「ああ」

アルフレードが突然前に向き直る。

「……本当に、よかった……っ」

泣いてしまったのだろう。吐き出された情けない声に、胸が熱くなった。

「会って話したいことがあるそうだ。いずれ機会を作る。耳を傾けてやってほしい」

「――っ、ありがとうございます。……こんなに想っていただけているなんて……妹は、幸せ者ですね」

振り向かずとも、愛に満ちた表情が思い浮かぶ。

（早く二人が笑い合う姿を見たいものだ）

ほどなくして、遥か眼下前方に、黒く染まった広場が見えてきた。人だかりができているようだ。舞台のようなものに立つ人物の姿も、おぼろげにだが確認できる。

「あそこか。準備はいいな？」

「はい」

緊張感漂う返事を聞いたあとで、水龍が体勢を傾けゆったりと下降を始めた。

「みな、驚き言葉を失うだろう。そこからがお主の見せ場だ」

「……必ずや、無実を証明し王座を奪還してみせます」

「頼もしいことだ。いざとなれば私も力を貸そう」

ありがとうございます、というアルフレードの声が遠く聞こえる。

ドクンドクンと心臓の音がうるさいのだ。あれほどの人だかりに飛び込めば、負の感情にあてられるに決まっている。

怖い。しかし、目の前に座る青年も覚悟を決めているのだ。

(ファウナ。どうか、堂々たる振る舞いができるよう力を貸してくれ)

目を閉じ、愛しい少女の顔を思い出したときだ。

「海神様！」

アルフレードの鬼気迫った声で、ハッと目を開いた。飛び込んできた景色に、トリトミロスは唖然とする。

真下に軍艦が現れたのだ。甲板に出ていた兵士数名が、瞠目(どうもく)している。

「――っ！　逸れろ！」

思わず口に出して水龍に指示する。間一髪、敵陣に突っ込まずに済んだものの、再び上昇する際に背中を見せることになってしまった。

「うわあぁっ！」

発狂した兵士が、銃を構え引き金を引くのが見えた。

アルフレードを捕獲せねばという使命感と、只者ではないトリトミロスに牙(きば)をむかなければならないという恐怖が一瞬にして感じ取れる。

（!?　アルフレードに当たってしまう）

方向を変えようと、無我夢中で水龍に尾を一振りさせる。直後、右腕に焼き付くような痛みが走った。

「っ！」

「海神様！　血が……っ！」

「かすり傷だ。大したことはない」

嘘(うそ)だ。海底で人知れず暮らしてきたため、外傷には慣れていない。

（これが痛み）

最悪な展開だ。何事だと甲板に集まった兵士たちが、発砲を繰り返す。

『今ここで撃ち落とせば、全てうまくいく』

『天罰が下るだろうか』

そんな声が聞こえてくるようだった。次々と飛んでくる弾丸を避けるのに精一杯で、目的地はすぐそこだというのに進めずにいる。さらに二発、右の太ももと左足首にも弾丸を食らってしまった。

(――っ、これしかない)

トリトミロスは激痛に顔をゆがめながら、神の言葉で成された呪文を急ぎ唱えた。体中の神通力が放出されるのがわかる。

ザバーン……！

軍艦を呑み込むようにして、巨大な波がいくつも出現した。甲板が大きく揺れ、兵士たちが無我夢中で欄干に掴まる。

「た、助けてくれええ！」

「うわあああっ！」

悲鳴と水飛沫と共に、軍艦は呆気なく転覆した。

「運がよければ、死にはしないだろう」

(まずいな)

弾丸を受けた箇所が、ひどく熱い。生粋の神ならば、一瞬で傷を塞ぐことができるというのに。神通力を多く使ったせいで、意識も朦朧としてきた。

「……悪いが……一度、浜に降りさせてもらう」

アルフレードが何やら声をかけてくれているが、うまく聞こえない。本当に、よくない状況だ。なんとか意識を保ち、目的地近くの浜辺まで進む。

足が砂浜に着くのを待たずに、水龍は消滅してしまった。その場に投げ落とされたトリトミロスは、仰向けに倒れたまま起き上がることすらできない。

尻餅をついていたアルフレードが、傍らまで駆けてきた。

「っ！　医者にかかることはできますか？　急ぎ探してきます！」

思っている以上にひどい傷なのかもしれない。今にも泣き出しそうな表情で、顔を覗き込まれている。

「必要ない。神は傷を自身の力で治癒することができるのだ。……私は未熟者ゆえ、時間がかかってしまうが……」

「けれど！　顔色がとても悪い……。僕を庇ったばかりに……申し訳ございません……っ」

「私の落ち度だ。手助けすると言っておきながら情けない。……失望しただろう？」

(何を聞いているのだ、私は)

相当弱ってしまっているのかもしれない。発言を取り消す気力もなくただ浅い呼吸を繰り返していると、アルフレードがそっと額に張り付いた前髪を整えてくれた。

「あなたが海神様だということを、僕は心から嬉しく思います」

やわらかな笑顔が、ファウナと重なった。

トリトミロスは、脂汗をかきながらも口角を僅かに上げる。

「……やはりよく似ている」

「え？　あ、無理はいけません！」

重い上体を起こそうとしているのを察して、アルフレードが背中に手を添えてくれた。そんな彼に「ありがとう」と礼を言い、まっすぐに見つめる。

「予定が狂ってしまったが……アルフレード。水龍で、お前を勝利の舞台へと運ぼう」

「そんな！　ここまでしていただいたんです。自力で向かい……」

アルフレードの言葉を無視して、水龍を創り出したときだ。

「伝令が届いたばかりですよ？　全力で走ったとしても、馬の足に敵うはずがない。この辺りにいるはずないですって」

城からアルフレード失踪の知らせがあったのだろう。二名の兵士の姿が、遠くに確認できた。

（水龍を創り上げていたことが、唯一の幸運か）

「乗れ。兵士が近くまで来ている」

「!?　しかし、海神様は」

「私より優先すべきものがあるはずだ」

厳しい声で言ってやると、アルフレードが大きく息を止めた。やがて表情を引き締め、しっかりと水龍にまたがる。

「どうかご無事で」

「ああ。行け！」

トリトミロスの一声で、水龍が砂浜を蹴り空高く上昇する。その姿が、ぼんやりと滲んでいく。あんなふうに空を駆け、ファウナの元に帰りたい。

(……もう一度、声が聞きたい。抱きしめ、口づけがしたい)

ひとりでに、しばらく前にノクトとした会話が蘇る。

『ミロス様。ファウナちゃんのこと、どうするおつもりですか？』

『どうする、とは？』

『伴侶にしないのかってことですよ。お二人、どう見ても相思相愛じゃないですか』

『……このまま名もない関係でいることは、やはりよくないのだろうか』

『何か、思い悩んでいらっしゃるんですね。けれど、もし伝えたいことがあってそれを押さえ込んでいるとしたら、もったいないですよ。あとで後悔しても遅い』

(本当に、その通りだな)

「！　人が倒れてます！　あの髪色は……ひょっとして」

兵士たちが近づいてくる気配を感じながら、トリトミロスは意識を失った。

＊　＊

　トリトミロスが去ったあと、ファウナは塔から出たり入ったりを繰り返していた。今は気を紛らわそうと鳥籠（とりかご）の中身を見て回り始めたところだが、やはり落ち着かない。

（……どうかご無事でいらっしゃいますように）

　何度目かわからない祈りを呪文のように唱えたとき、身体が大きく揺さぶられた。

　海水が揺れているのだ。ぶらんぶらんと振り子のように揺れる鳥籠にぶつからないよう避けながら、メレニアの茶会で感じたものよりも、ずっと大きな揺れだと確信した。

「ゆらゆらしたね！」

「たのしかった」

「あるじのちから！」

（今のは一体……）

　何かわかるだろうかと外に出てみると、少し離れたところにノクトの姿を見つけた。海面を見上げ、ぶつぶつと呟（つぶや）いている。

「今のって……やっぱり。そうですよね……」

　胸騒ぎがして仕方がないのは、彼が緊迫した表情を浮かべているからだ。ファウナは迷わずに近づいていって声をかけた。

「ノクトさん！」

「……ファウナちゃん」

やはり、いつもよりずっと硬い表情をしている。

「暴動のこと……突然で驚いたでしょ？　ミロス様からね、君の様子を見ているように頼まれていたんだ」

「……そう。……今の揺れ、何かよくないことなの……？」

おそるおそる尋ねてみると、ノクトは沈痛な面持ちになった。

「……ミロス様が、高波をいくつも起こしたみたいだ」

「え。……え？　それって……」

「水龍しか使わないいつもりで出発したんだよ？　それなのに……なにか、力を使わなくては回避できないような状況に陥ったのかもしれない」

ファウナは一気に青ざめた。

「そんな……」

「大人(おとな)しく待っているように僕も言われた。だけど、状況を知るくらい許してもらおう。――ついてきて」

急ぎ足で向かった先は、不思議な鏡が置かれた小屋だった。前にトリトミロスと訪れたときのことを思い出し、胸が締め付けられる。

(ひょっとして、ノクトさんはこの鏡を使うつもりなの？　海神ではないのだから、無理……)

どういうわけか、トリトミロスが唱えていたものと同じ呪文が、ノクトの声で聞こえてくる。

(!?　どうして……)

鏡面がドクンと脈打ち波紋が広がった。まもなく映し出された光景に、ファウナは眉(まゆ)を寄せる。群衆の背中が映っているだけだったからだ。

「チッ。視界が悪いな」

ノクトが悪態をつく。

まるで別人のような口調だ。もちろん驚いたが、追及している場合ではない。

「あの！　ここは一体どこなのですか!?」

自然と敬語になった。ノクトは振り返らず、ぶっきらぼうに答える。

「記念公園……だったか？　あれの目的地だ」

(!?　レオルカ殿下の演説場所……そういうことね？)

耳を澄ませば、たしかに彼の声が聞こえてくる。クーデターを起こしたとは思えない、いつも通り明瞭(めいりょう)で、少年のようなあどけなさを残した声だ。

しかし、肝心の内容が聞こえず、やきもきする。それに、トリトミロスの状況もまるでわからない。

「おい、そこの人間。どけ」

ノクトがそう言い捨てると、鏡の向こうで「うわ！」と素っ頓狂な声が上がった。

『おい、押すなって！』

『見ろ、噴水が急に……わっ』

『!? ぶっ……冷てぇ……何だってんだ』

ザアア……！　と激しい雨音のようなものが耳を打ち始める。

「今度は聞こえが悪くなったが、見えぬよりはましだろう」

まるで道を作るかのように、人々の背中が左右にはけていく。今度こそ映し出された光景に、ファウナはぐっと手のひらを握り唇を噛んだ。

（レオルカ殿下……っ）

講演台に立つ、ふわふわとした金髪に黒みがかった赤い瞳を持つ、中性的な顔立ちの美青年を睨み付ける。彼は眉を下げ、沈痛な表情を作っていた。国王とアルフレードの暴挙を嘆き悲しむふりをしているのだろう。

彼は、涙に濡れた瞳で毅然と顔を上げた。

『僕が――を、――して――。――誓います』

拍手喝采が湧き起こる。新国王として国民を引っ張っていくと、もっともらしい言葉で示したに違いない。

　拍手に控えめな笑顔で応えていた彼が、ハッと上空を見上げ目を見開いた。

　次の瞬間、何かが降ってくる。

（お兄様!?）

　盛大に尻餅をついているのは髪を乱したアルフレードだ。彼がよろめきながら起き上がった瞬間、群衆のざわめきが、爆発的に大きくなった。

「水龍が消え、落下したか。……あれが危機的状況にあるのは間違いないな。波を起こしたのは、追っ手をまくためだったのだろう」

　ノクトの推測に、ファウナはさらに青ざめる。

「ミロス様は、今どこに……」

「気配が掴めぬ。いい位置に海水がないのだ」

　鏡の中では、アルフレードがレオルカと対峙していた。感情をぶつけるでもなく、怒りのこもる瞳で淡々と何か伝えている。兵士たちは、突如空から現れた王太子を畏怖し拘束できずにいるようだった。

　状況が、アルフレードに有利に働く可能性は大きい。今ファウナがすべきは、トリトミロスの救出だ。彼に助けられたであろう兄も、それを強く願っているはず。

「私が探しに行きます」

いつもとは別人の雰囲気を纏(まと)ったノクトの瞳を、ファウナは意思を込めて見つめた。

「地上に送ってください。あなたになら、きっとできるでしょう？　――先代の海神様」

「ほう。よくわかったな」

「この鏡は、海神にのみ使うことができるとミロス様が仰(おっしゃ)っていました。あとは勘です。

……ノクトさんの中から、ずっと様子を見ていらっしゃったのですか？」

「ああ。この男の身体はなかなか居心地がよい」

ノクトは、海神にまつわる特別な品を発掘したことで、海の中でも自由自在に動けるようになったと言っていた。おそらく、その品が先代とノクトを結びつけたのだろう。

「ミロス様は、このことを……」

「さあな。それで？　本当に地上へ行くつもりか？」

ノクト――否、先代は試すような目でこちらを見ている。ファウナは迷いなく頷(うなず)いた。

「今行かなかったら、絶対に後悔しますから」

「そうかもしれぬな。けれど、行ったところで、失えば後悔は避けられぬ」

先代が、クツクツと笑った。

「人間は脆(もろ)い。場合によっては、あれより先にお前が死ぬぞ？」

しん、と痛いくらいの静寂が落ちる。それでも、ファウナの決意は揺るがなかった。

「どうか力を貸してください」

深く、深く頭を下げる。

「……弱いのか強いのか……読めぬ娘だ。しかし、気に入った」

ハッと顔を上げると、先代と目が合った。悪戯(いたずら)っぽく口角を緩めている。

「あれの伴侶として認めてやろう」

(え……？)

「おい、お前たち！　翼を授けてやれ！　とびきり丈夫なやつだ！」

威勢のいい声が響き渡り、精霊たちがふわふわ～っと呑気(のんき)な様子で入ってきた。

「まえのあるじ、もうばれていいの？」

「すっきり～」

(！　精霊様たちはご存じだったのね)

本人が伝えたのだろうか。それとも、海神に仕えるため生み出された彼らには、姿形が変わっても魂がわかるのかもしれない。

精霊たちがぞろぞろとファウナの背後に回った。手を動かしている気配がする。

(背中が熱くなっていく……)

「なかなかいい翼だ。まさに聖王女だな」

「でしょ～？」

「われら、ちからたくさんつかった。もうむり」

「ご苦労。イソギンチャクにでも癒やしてもらってこい」

「はーい」

「はなよめっぽいファウナ。ふん！　ってするととべる」

「しなないといいね」

「みなさま、ありがとうございます」

最後に鏡に目を向けたファウナは凍り付いた。レオルカが高笑いしているからだ。ファウナの視線に気づいた先代が、急ぎ噴水の勢いを元に戻す。

声が、はっきりと聞こえるようになった。

『――ははは！　海神様に助けられてここまで来ただなんて、兄さんはやっぱり格好いいな！　だけど意外だよ。海神様が戦を望んでいらっしゃるなんて』

『!?　何を言う。そんなはずが――』

『だって、あの国と同盟を結びたがっている兄さんに手を貸したんでしょ？　つまり、そういうことじゃない』

『――っ！　まず、その前提が偽りだろう!?』

『レオルカ殿下！　付近で怪しい男を拘束しました！』

（……まさか……）

『!?　海神様！』

目を見開いたファウナは、口元を両手で覆った。

両手両足を縛られた状態で運び込まれたのが、瞳を閉じたトリトミロスだったからだ。

束ねていたはずの髪が流れ落ち、天を仰ぐ顔は遠目から見ても青白い。それに、攻撃を受けたのか、服に数カ所裂けたところがある。

「外傷を負ったか。……まずいな。無意識に回復し続ければ、神通力が足りなくなる。消滅するぞ」

「!? そんな！」

兵士が、慎重にトリトミロスを地面に横たえた。

『大分消耗していたようで、気を失っています。おそらく、アルフレード殿下の逃走を手助けしたのではないかと』

『銀の髪……兄さん……兄さんっ、これ、ヴォルガ人だよねぇ!? え、嘘でしょう!? 本当に、あの国と繋がってたの!?』

レオルカの歓喜に満ちた声に、背筋が凍った。

涼しげな美貌（びぼう）と銀髪碧眼（へきがん）は、アルフレードが密約を結ぼうとしていたとされた好戦国・ヴォルガ連邦出身の者の特徴として広く知られている。

（まずいわ）

トリトミロスがヴォルガ人ではないと証明できなければ、アルフレードに勝ち目はない。

　ふいに、痣をかっこいいと褒めてくれた少女の顔が頭をよぎる。

　あんなふうに笑いかけてくれる人が、きっとたくさんいた。レオルカが王になれば、心優しい人たちの未来は失われてしまうかもしれない。

（――そんなこと、させない）

　愛する人と生きる未来も、愛する兄が治める祖国の明るい未来も、何ひとつ諦めたくない。

『違う！　この方は海神……』

　ファウナは小屋を飛び出し、苔に覆われた地面を強く蹴った。

　飛んだことなど、もちろんない。しかし、地上に向かうのだと強く意識すると翼はうまくはためいてくれた。身体の内にある水への抵抗力のおかげで、軽々と進むことができる。

（もっと！　もっと早く！）

　トリトミロスの、まるで死人のような顔が頭から離れない。

（大丈夫。絶対に間に合う）

　自分に言い聞かせながら、翼を大きく動かして海水をかき分け、力強く上昇していく。

　まもなくまばゆい太陽の光に照らされたファウナは、躊躇せずまっすぐ街の方向へと進んだ。

　空を飛ぶ爽快感だとか恐怖だとか、そういったものを感じている余裕はない。

　必死だった。眼下の景色に求めている場所を探して、ひたすらに翼をはためかせる。

（！　見つけた）

人だかりで黒く染まった、海沿いの開けた場所。

群衆に気づかれないぎりぎりのところまで高度を下げると、幸い状況はさほど変わっていなかった。トリトミロスが消滅していないことに、ひとまず安堵する。

横たわった彼の周囲には、兵士が三名。警戒した様子で立っている。すぐに抜けるよう腰元のサーベルに手が添えられているのを見て、ぞっとした。

ファウナがすべきは、トリトミロスに口づけ神通力を補充すること。

彼の魂をこの世につなぎ止めたいのはもちろん、再起した彼が予定通り水龍を呼び出せば、海神であると証明できるからだ。それが、アルフレードの勝利に——平和に繋がる。

(……拘束されたら一巻の終わりだわ。このまま突っ込でいくのは危険すぎる)

焦っているときこそ、冷静さを失ってはいけない。

そう自分に言い聞かせながら打開策を練っていると、公園の敷地内に立つ灯台が目に留まった。展望台になった屋上には、幸運なことに兵士が配置されていない。

おそらく人員が足りていないのだろう。空からの襲撃者などいるはずがないのだから、除かれてしかるべきともいえる。

(ミロス様をあそこまで運ぶことができれば……)

一か八か。この翼が頑丈であることに賭けるしかない。

ファウナはごくりと唾を飲み、緊張の面持ちで機会をじっと待つ。

眼下で、レオルカが嘲るように笑った。

「海神様、海神様って……本当にそうなら、あんな縄簡単にほどけるでしょ？　ねえ、兄さん。兄さんには、更生したあと公務を手伝ってほしいと思っているんだ。僕はどんな兄さんでも愛せるけど、国民はそうじゃない。これ以上自分の価値を下げないでよ」

「この――っ！」

レオルカに掴みかかったアルフレードを引き剥がそうと、静観していた兵士たちがついに押し寄せる。トリトミロスについている者たちはその場を離れないが、意識はアルフレードへと向いているのがわかった。

（今だわ！）

ファウナは意を決して、地面にぶつかったらひとたまりもない速度で急降下した。群衆のうち数名がぎょっとこちらを見上げたのがわかるが、躊躇わない。

「!?　な――」

前方に立っていた兵士が、弾丸のような勢いで向かってくるファウナを反射的に避けた。

（いける！）

ファウナは仰向けに横たわるトリトミロスの両脇に素早く腕を滑り込ませ、そのままの勢いで上昇した。一瞬の出来事に、神風が男をさらったと思った者もいただろう。それほど、見事な奪還劇だった。

緊張と興奮で頬を上気させたファウナは、「今の、人!?」「嘘だろ！」などと群衆がどよめいているのを聞きながら、トリトミロスをしっかり抱いて飛んでいく。

「ミロス様……っ、もうすぐですからね」

こうしている間にも、消滅してしまうかもしれない。すぐそこまで迫った灯台に早くたどり着こうと焦るあまり、警戒を怠っていた。

パンッ！　という音を聞いた直後、すぐ真横を何かが通り抜けていく。弧を描き落下していくそれが弾丸だと気づき、ファウナは震え上がった。

素早く眼下を見れば、公園の後方に配置された兵士たちが銃を構えこちらを見上げている。ファウナを撃ち落とそうとしているのだ。塔に向かい駆けている者も確認できた。

「じゃまをしないで！」

叫び、ファウナは弾丸が届かない高さまで上昇した。心臓が、壊れてしまいそうなほど早鐘を打っている。もう、塔は使えない。

ファウナの腕だって、気を失っているトリトミロスを抱き続けるのは無理だ。

(今ここで口づけができたのならいいのに)

トリトミロスを抱く腕にぎゅっと力を入れ、切望したときだ。

「!?　これは……」

視界に光のヴェールが降りてきた。それはすぐに、ファウナとトリトミロスを中央に抱く球体となる。包み込まれた瞬間、海の中に似た湿度と浮遊感を覚えた。

『喜びなさい。幸運が舞い降りるわよ』

蘇ったのは、メレニアの口角を上げた表情だ。

（あのときいただいた加護ね……！）

ファウナは歓喜に瞳を潤ませながら、おそるおそるトリトミロスの背中に回していた腕を緩めた。期待した通り、落下していかずほっとする。

（ミロス様）

愛しい海神の両肩に手を置き、背伸びをして、そっと唇を重ねた。

まるで走馬灯のように、彼と過ごした日々が蘇る。出会い頭に関心があると言われ面食らったが、今思えばあれは嬉しい驚きだったのだと思う。

ヴェールを取り去ってくれたこと。同じ本の世界を旅したこと。瑞々（みずみず）しい果実を堪能したこと。あたたかな体温に包まれて眠ったこと。彼が聞かせてくれた、アルフレードのヴァイオリンの音色に涙を流したこと。

無感情な聖王女は、気づけば、感情豊かな十六歳の少女になっていた。

トリトミロスが、本当のファウナを見つけ出してくれたのだ。

（ミロス様。好き……大好き……っ）

ファウナは一度唇を離した。涙ながらに、こみ上げてきた想いを口にする。

「――っ、心から愛しています。どうか、目を覚まして」

もう一度、口づけようとしたときだ。

声が、聞こえた。おそるおそる目線を上げると、魅惑的な海色の瞳と視線が交差する。

「ファウナ」

ファウナの表情がくしゃっとゆがみ、すぐに情けない声が漏れた。

「よかった……本当に……」

「お前には助けられてばかりだ。実に情けない」

「そんなこと！　兄を救い出してくださったのでしょう？」

「！　あやつは無事か!?」

「はい。優勢とはいきませんが、民衆の前でレオルカと対峙しています」

「そうか。ならば、助太刀といこうか。……その前に」

トリトミロスは言葉を止めると、ふうっと宙に息を吐き出した。すると、半透明のナイフが舞い降りてくる。ファウナは両手のひらを重ねてそれを受け止めた。

「これは……」

「縄を切ってくれ。煩わしくて仕方がない。……ふふ。海水に満ちた空間とは、音の神にしては上出来ではないか」

トリトミロスは、これがメレニアの加護によるものだと気づいていたらしい。指示された通りに両手足を縛り付けていた縄を切ると、ナイフが幻のように消えた。

「ようやく触れられる」

ひんやりとした大きな手のひらが、痣を包み込むようにして、ファウナの頬にそっと触れた。

熱のこもった瞳に、息が止まりそうになる。

「ファウナ。お前を心から愛している。――私の妻になってくれ」

夢なのではないかと思った。信じがたいほどの喜びがこみ上げる。

「喜んで！」

ファウナは涙に濡れた瞳を細めて笑うと、トリトミロスに抱きついた。

「ありがとう」

耳元で聞こえた声は甘く、背中に回った腕は泣きたくなるほど優しい。しかし、ふわふわとした気分は長くもたなかった。

「!?」

光の球体が消えたのだと気づいた瞬間、トリトミロスが素早く横抱きにしてくれた。

「っ、ありがとうございます」

「ああ。肝が冷えたが、あれの加護にしては役に立ったな」

急に無力感が押し寄せてくる。

「……メレニア様のお力がなければ、もしかしたら……」

「加護を受けたのは、お前があれを魅了したからだろう？　負い目を感じる必要などない」

仄暗い気持ちが、呆気なく消えていった。

急降下しているこの状況も怖くない。トリトミロスの腕の中は、この世で一番安心する場所なのだと思い知らされる。

（生まれてきてよかった）

こんな出会いが待っていたなんて――。

抱くことなどないと思っていた気持ちがこみ上げる。

（お兄様。私、今幸せなのよ）

早く、彼に伝えなければ。

「龍よ、来い！」

海面すれすれのところまで来たところで、トリトミロスが片手を海面にかざした。

身体がふわりと浮き上がる。水龍の背に乗ったのだ。

「さあ、我々の見せ場だ」

群衆の中に飛び込もうというのに、見上げた彼の顔に恐れは浮かんでいない。

そのことがとても嬉しい。

たとえそれぞれが未熟だとしても、二人一緒なら強くなれる。

「龍!?」

「じゃあ、あれは……！」

これでもかというほどの注目を集めながら、水龍は驚愕の表情を浮かべるレオルカの正面に降り立った。彼が凝視しているのは、ファウナの顔だ。

「お前は……まさか……」

ファウナは地面に降り立ち、まっすぐにレオルカの瞳を見つめた。

「私はファウナ・フェル・リエーレ。素顔では初めてお目にかかるわね。レオルカ殿下」

堂々とした名乗りを聞いて、レオルカは瞠目した。背後に確認できる兵士たちは、青ざめ震えている。

ファウナは、そんな彼らにとどめを刺すことにした。

「あなたたち。私がどなたに嫁いだか、ご存じかしら？」

「か……かい、海神様です」

しん、と静まりかえった広場に、厳粛な声が落ちた。

「無論。我こそ海神。海が血で穢れるのを、黙って見過ごすわけにはいかない」

ファウナの隣に立ったトリトミロスが、右腕を天にかかげた。

ザパーン……ッ！

大きな波音とともに現れたのは、海水でできた巨大なヘビだった。半透明なそれは大きな口を開き、レオルカと取り巻きをごくりと飲み込むと海に還っていく。

彼らは、悲鳴を上げることすら許されなかった。

広場がしんと静まり返る。みな、恐れおののきつつ麗しい海神から目を離せずにいた。

「戦など、馬鹿(ばか)げた考えを起こす者の末路だ。よく覚えておくといい」

トリトミロスが不敵に口角を上げる。初めて見る表情に、こんな状況だというのにたまらなく胸がときめいてしまった。

「さて。私は、この国の新たな王を指名する。——アルフレード」

「はっ！」

息を呑み状況を見守っていたアルフレードが、弾かれたように返事をする。彼はしっかりとした足取りで、トリトミロスの前へとやってきた。

硬い表情をしているアルフレードへと、トリトミロスが穏やかな眼差しを向ける。

「お前にならば、私は喜んで力を貸そう。明るい色で満ちる国を作ってくれ」

アルフレードの瞳が潤む。彼は腰を折り、これ以上ないほど深く頭を下げた。

「この命に代えても……！」

（お兄様……）

ファウナは唇を噛んで、兄の背中を見つめている。

こみ上げてくるものがあった。聖王女だった頃(ころ)は泣いたことなどなかったというのに。ずいぶんと涙もろくなってしまったようだ。

割れんばかりの拍手喝采の中、顔を上げたアルフレードとはっきりと目が合った。

「ファウナ……ッ」

きつく抱きしめられた瞬間、堪えていた涙がぽろりとこぼれ落ちた。すっかり汚れてしまっている金の肩当てに、顔を埋める。

「……お兄様……あのね」

「……なんだい？」

「愛しているわ。あなたの妹に生まれてよかった」

十六年越しの告白だった。

(やっと言えた)

「っ、ファウナ……ううっ……」

情けなく嗚咽を漏らす兄が、やはり愛おしい。ファウナは顔を上げると苦笑し、彼の頬を流れる涙を指先で拭った。

「もう。そんなに泣かないで」

「ファウナこそ」

どちらともなく、ふっと笑みを漏らした。

「どこにいても、ずっと愛しているよ」

アルフレードがそう言い、もう一度ファウナを抱きしめた。

視線を感じたため小さく顔を向けてみると、トリトミロスがあたたかな眼差しを向けてくれている。

（ありがとう、ミロス様。お兄様を助けてくれて……私と出会ってくれてありがとう）

目が合うと、彼は小さく口角を上げて近づいてきた。

「私の妻だ。そろそろ返してもらおうか」

冗談めかした口調に、アルフレードがくすりと笑ってファウナから体を離す。

そして、トリトミロスに問いかけた。

「また、仲睦（なかむつ）まじい夫婦に会えますか？」

「……ああ。人々の喜びの声が海底まで届いたのなら、そのときはきっと」

「再会が叶（かな）うこと、お約束します」

晴天に恵まれたこの日は、リエーレの歴史に残る日となった。

龍の痣を持つ清らかな乙女（おとめ）と麗しい青年が寄り添い合う絵が、瞬く間に売れ渡ったことは言うまでもない。

エピローグ

あのあと、海底に戻るとノクトはいなかった。

気がかりを覚えつつも、精霊たちに「おくがた」と仰々しく呼ばれるようになってから、着替えを四回した頃のことだ。

扉の向こうから馴染みのある声が聞こえてきた。

（！　ノクトさんだわ！）

ファウナは急いで部屋から出た。玄関先で、彼はトリトミロスに抱きつき鼻をすすっている。

「本当に無事でよかった……！　心配したんですからね！」

「……悪いことをしたな。ありがとう」

ガバッと、ノクトがトリトミロスから身体を離す。

「ありがとうだなんて……！　初めて言われたあっ！　わああ～ん」

また抱きつき泣き出してしまった。忙しない彼を見て、ファウナはくすりと笑う。

（ノクトさんらしいわ）

それに、鬱陶しそうな顔をしつつも彼を引き剥がそうとしないのも、やはりトリトミロスらしい。二人の関係がとても好きだな、とあらためて思った。

「それはそうと、なぜしばらく姿を見せなかったのだ？　我らこそお前を心配していたのだぞ」

「ええと……体調を崩していまして。ずっと診療所で過ごしてたんですよ。薬師がそれはもう厳しくて……」

「神通力を使ったからか」

「……気づいていらっしゃったんですね」

（！　もしかして……）

ノクトはトリトミロスから離れると、そっと瞼を下ろした。

再び瞳を開いた彼は、纏う雰囲気が一変している。トリトミロスが問いかけた。

「先代だな？」

ノクト――ではなく、先代がニヤリと笑う。

「正解だ。いつから気づいていた？」

「確信したのは、ファウナの背に宿った翼を見たときだ。精霊たちが、海神の指示なくあれほど膨大な力を使うとは思えないからな。確認し、『いっちゃだめだからいえない』と言われれば確定だろう」

「それだけでは、私だと特定できないが？」

「ノクトがやけに先代について詳しかった。あとは直感だ」

「直感……ハハ、お前らはそろって同じようなことを言うのだな！　それで？　夫婦(めおと)になったんだろうな？」

「それでこそ、私の認めた娘だ。して、孫はまだか？」

視線を向けられたファウナは、無言のまま頷(うなず)いた。ふっと先代の口元が緩む。

（え？）

脳天気に尋ねられたものだから、耳を疑ってしまった。

トリトミロスは、剣呑(けんのん)な表情を浮かべている。

「お前らの結末を知っていて、同じことをすると？　私はもう残されたくない」

（ミロス様……）

なんて返すのだろうとハラハラしていると、先代は意外なことに、余裕綽々(しゃくしゃく)といった様子で肩をすくめた。

「思い違いをしているようだな。神の子も人の子も関係ない。……妻は生まれつき身体が弱く、出産には耐えられないだろうと言われていた」

トリトミロスとファウナは、そろって息を呑(の)んだ。

「それなのになぜ？　という顔だな。簡単な話だ。あの娘の全(すべ)てがほしかった」

先代は淡々と語る。

「しかし、あちらは違ったらしい。早く子の顔が見たいと、大きくなった腹を撫でながらよく言っていた」

(先代との子どもを宿せたことが本当に幸せだったのね。……だけど、出産に耐えられないかもしれない……ひょっとしたら傍にいられないかもしれないから、自分の代わりに守ってほしいと名前に願いを託したのだわ。……ミロス様は深く愛されていた)

トリトミロスという名に込められた願いを思い出す。こちらに背中を向けている彼は、今どんな顔をしているだろうか。

「トリトミロスよ。期待していたら悪いが、私がここにいるのは親子の情などではない。我らの息子がどう生きていくのか、単に興味があるからだ」

先代のニヤニヤ顔が、しっとりした雰囲気をぶち壊した。

「……だろうな」

深く息を吐き出したトリトミロスが、呆れた声で呟く。先代は、ノクトは絶対にしないだろう悪い笑みを浮かべている。

「引き続きお前らを観察させてもらうが、今後は何が起きようとも戦力にはなれぬ。この間使った分で、魂に紐付けた神通力をほぼ使い果たしてしまったからな」

ははははは！　と豪快に笑ったかと思うと、先代は身体の支配権をノクトに返した。

瞬きののちに、ノクトが「あーあ」と冗談めかして笑う。

「感動的な光景が見られると思ってたのに。やけにあっさりしてましたねえ」

トリトミロスは肩をすくめた。

「こんなものだろう。……して、ノクト。今後もあれに付き合わされてよいのか？　お前の身体を貸さずとも、そこら中に生えた海草に魂を移す方法がありそうなものだろう」

（海草って……）

思わず突っ込みたくなったが、ファウナは黙って様子を見守ることにした。これから大切な会話がなされる予感がしたからだ。

「ミロス様は、僕がお付き合いでここに足繁く通っていると思っているんですか？」

ノクトの表情が険しくなる。彼が怒るところなど見たことがなかったため、ファウナはもちろんトリトミロスも息を呑んでいる。

「違うのか」

「違いますよ。初めて僕がここを訪ねたときのこと、覚えてますか？」

「？　ああ」

「あのとき、扉を開けて僕の姿を見るなり『道にでも迷ったか？』って聞いてくださったでしょう？　あれ、すごくおかしくて。……だって、警戒するどころか心配してくれるんですもん。それに、道に迷ったって……発想がなんだか可愛く思えちゃって」

「……侮辱か？」

「まさか。僕、あのとき、ミロス様のことがすごく好きになったんです。その気持ちは今も変わりません。……ううん、あのときよりもずっと大好きなんですよ。だから、これからも傍にいさせてください。いいでしょう？」

にっこり微笑んだノクトに、トリトミロスは眉を下げて頷き返した。

「もちろんだとも」

「まあ、断られても来ちゃいますけどね！　というわけで、ファウナちゃん。今後ともよろしくね！」

「こちらこそ」

ファウナは笑顔で二人の元へと歩み寄っていった。そっと見上げたトリトミロスの横顔が満ち足りていて、自分のこと以上に嬉しくなる。

すると、ノクトが思い出したように口を開いた。

「そうだ。こんなときにあれなんですけど……レオルカ殿下の動機、気になりますよね？」

そうしてノクトから語られたのは、驚くべき内容だった。

レオルカは、今から十年ほど前。とある作家が趣味で書いていたという国家転覆物語に傾倒し、悪役である王太子に強い憧れを抱いたらしい。その人物は、暴動を起こし、平和な国を軍事国家に変えたのだという。

彼のようになりたいという願望は、国防用の兵器を調達するため軍事国家を訪れるごとに増していき、今回の事件を引き起こすことになったのだそうだ。

レオルカは恐ろしいくらい純粋で幼稚な男だったというわけだ。

このことは、物語の作者が罪を自供したことで明らかになったという。

彼によると、レオルカは心からアルフレードを慕っていて、だからこそ殺すことはしなかったらしい。好きなものは好き、理にかなっていなくてもやりたいことをする、という姿勢なのだろう。

「ちなみに、作者が厳しい罰を受ける予定はないらしいです。その代わり、危険文書についての扱いが議会で話し合われるらしいって聞きました」

「……なるほど。……悪意がないというのは厄介なことだな」

トリトミロスは険しい表情だ。

「ですね。ああ、あと、レオルカ殿下に加担していた取り巻き……水の大蛇に飲み込まれた人たちは、みんな無事に帰ってきたらしいですよ。だけど、うわごとを繰り返してるんだとか。

……命を奪わずに懲らしめるなんて……僕、ミロス様のそういうところ大好きです！」

「意図したわけではない。たまたまそうなっただけの話だ」

「照れなくてもいいのに～」

「……何やら浮かれているな？　鬱陶しいことこの上ない。即刻やめろ」

「ひどい！」

仲のいい二人の会話を聞きながら、ファウナは眉をひそめていた。

「ノクトさん。レオルカ殿下は見つかったの？」

「それが、いくら捜索しても手がかりひとつないって。……だけどね」

ノクトが声をひそめる。

「さっきイルカたちから伝達があって、メレニア様が面白いものを拾ったらしいんだ。僕に見てほしいんだって。……レオルカ殿下だったらどうする？」

おそるおそる尋ねられ、ファウナの表情が強ばる。

「それは……遺体？　それとも生きているの……？」

トリトミロスが小さく鼻で笑う。

「案ずるな。生きていたとしても、あれに拾われた時点で悲惨な末路を歩むに違いない」

「そうですかあ？　メレニア様好みの美男子ですし、それはもう溺愛されそうですけど」

「あれの好みなど知らぬ」

「あはは。まあ、変わったことがあれば報告します。それじゃあ、僕はこれで」

ノクトがいつも通り明るい笑顔で玄関から出ていく。

扉が閉まると、トリトミロスが「さて」とこちらに顔を向けた。

「ファウナ。今から塔に行ってきてくれ」

「？　小瓶の整理は済んでいますが……」

「仕事ではない。しかし重要なことだ。行けばわかる」

(重要なことって、何かしら？)

首をかしげながら外に出ると、ファウナは言われた通り塔へと向かった。

扉が開いている。精霊たちがいるのだろうかとぼんやり考えながら中に入ったファウナは、息を止めた。

「あ、おくがたきた～」

鳥籠(とりかご)の下で、精霊たちが純白のドレスを広げていたからだ。

胸元には波を思わせる刺繍(ししゅう)が細かく施されており、やわらかそうな生地のパフスリーブと大きく広がったスカートには、きらめく気泡のような飾りがキラキラと輝いている。

「これって……」

「ウエディングドレス！　われら、こだわりのいっちゃく！」

「おくがたのだよ」

「これから、けっこんしきする！」

(結婚式……)

そこから先はあっという間だった。ずいぶんと慣れた、竜巻に飲み込まれたような感覚と共に着付けが済まされ、黄金の髪が編み込まれ結い上げられる。

精霊たちが創り出した姿見に映った自分を見て、ファウナは瞳をきらめかせた。

（――綺麗(きれい)）

頭上に載った小さなクラウンが、上品な輝きを放っている。以前のファウナだったら、負い目を感じていただろう。しかし今は、悪くないと思える。

「どう？　どう？」

「……とっても素敵……。ありがとうございます」

ファウナは心のままに微笑んだ。晴れやかな笑顔を見た精霊たちが、嬉しそうにまとわりついてくる。

「わ～い！」

「だいせいこうっ！」

「ふふ、くすぐったい」

ファウナが表情をほころばせたときだ。

「お前たち、準備はまだできぬのか」

外から、トリトミロスの少々不機嫌な声が飛んできた。待ちくたびれてしまったのだろうと思うと、可愛らしくて愛(いと)おしい。

しかし、少しだけ不安だ。

「おくがた、いこ～」

「……綺麗だと思っていただけるかしら……？」

幼い頃から否定され続けた容姿を完全に受け入れるのは、思っていたよりもずっと難しいようだ。母親という存在はやはり大きいらしい。

リエーレの危機を救ったあの一件を、彼女はどう受け止めているだろうか。確認するつもりはないが、いつか再会する日が来ても逃げない自分になりたい。

「しんぱいないない！」

「おくがた、きれいだよ～」

「ありがとう」

精霊たちの言葉に疑いなく笑えている、今の自分が誇らしい。

ここでならきっと、なりたい自分になれる。そんなふうに思えるなんて、とても幸せだ。

（ミロス様は、どんな顔をされるかしら）

心地よいドキドキを味わいながら、髪型が崩れないように注意して塔を出る。

一面に広がった海底の景色に佇むトリトミロスは、やはり作り物のように美しい。けれど、ファウナは彼が完璧ではないことを――だからこそ愛おしいことを知っている。

知ることができた事実に感謝したい。

（――あ）

トリトミロスがこちらに気づき、目が合った。その表情が、ふわりとほころぶ。

「やはり、私の花嫁は美しい」

「……っ、ありがとうございます。けれど、ミロス様の方がずっと美しいです」

伏し目がちにごにょごにょと呟いたファウナを見て、トリトミロスがおかしそうに笑った。

「その困った癖は簡単には直らぬか。まあよい。お前が己の美しさを信じられるまで、何度でも伝えるまでだ」

トリトミロスが、ゆっくりと歩み寄ってくる。彼の隣を漂っている精霊が紺碧の小さな箱を抱いているのを見て、もしかしてと思った。

「左手を」

トリトミロスが囁くと、精霊が小さな手で箱を開けた。

（……きっと、そうだわ）

予感に胸を高鳴らせながら、ファウナはそっと左手を差し出した。

まもなく薬指にはめ込まれたのは、やはり指輪だ。海の色をした宝石を中心に、波にも蔓草にも見える紋様が丁寧に彫り込まれている。

「……っ」

胸がいっぱいになって、感想がうまく言葉にならない。トリトミロスは押し黙ったファウナを、不安げに見下ろしている。

「……本を参考に創ったのだが……気に入らなかっただろうか？」

「！　ミロス様が……？」

「ああ」

あれこれ考えながら創ってくれた姿を想像すると、愛しさで胸がさらにぎゅっとなった。思いのまま、ファウナはトリトミロスにもたれかかるようにして背中に腕を回す。

「宝物にしますね」

大切に囁くと、トリトミロスがほっと表情を緩めたのが気配でわかった。彼はファウナの両肩に手を添えると、そっと押すようにして身を離す。

真摯(しんし)な眼差(まなざ)しで見つめられたため、心臓が大きく跳ねた。

「ファウナ。あらためて言おう。私の妻になってくれ」

左手が差し出される。その薬指には、赤い宝石を中央に抱いた指輪が輝いていた。

それぞれの瞳の色を身につけているのだと気づいた瞬間、ファウナの胸は喜びでいっぱいになる。

「――っ、はい。喜んで」

手を重ねた瞬間に、そっと引き寄せられた。

トクントクンと耳元で聞こえる鼓動に、どうしようもない愛しさと尊さを覚える。

(この人を、ずっと守っていきたい)

「ミロス様」

優しい腕に包まれながら、そっと名前を呼ぶ。

「なんだ」

「あなたのお名前に込められた意味を、伝えてもよろしいですか?」

「?　ああ」

「——幸福の海。私、あなたをきっと幸せにします」

耳元で息を呑んだ音が聞こえた。

やがて、額へとやわらかな口づけが降ってくる。

「ありがとう。私の愛しい花嫁」

神秘の海に、幸福に満ちた微笑みが咲いた。

あとがき

はじめまして。そして、お久しぶりです。翔花里奈と申します。

本作をお手にとっていただき、ありがとうございます。

デビュー作は平民同士の恋愛、二作目は貴族同士、今回は神様と王女ということで、身分がずいぶんと高くなりました！　異種族恋愛、なかでも神様との恋愛はいつかは挑戦してみたいテーマだったので、こうして描く機会をいただけて嬉しく思います。

執筆するにあたって、海底での生活ってどんな感じだろう……とかなり頭を悩ませました。人間であるファウナが快適に過ごせるよう、トリトミロスや精霊たちと、あでもないこうでもないと住まいを創り上げた気分です。最初は光源代わりにチョウチンアンコウが泳いでいたり、穢れの塔は図書館のように棚に小瓶がびっしり収納されている空間だったりと、かなりの変更がありました……！

煮詰まっているときに、なるほど！　というアイディアで導いてくださった担当様には頭が上がりません。当初描こうとしていた物語とは全くの別物となり何かとお手数をおかけいたしましたが、いつも優しく楽しくご助言いただき、感謝の気持ちでいっぱいです。ありがとうございました。

そして、思わずうっとりしてしまうイラストで物語を彩ってくださった、笹原亜美先生。キャラクターのラフが届いた瞬間、想像以上のトリトミロスの麗しさとファウナの清廉さに、とても感動しました……！　一点一点ロマンティックに丁寧に描いていただき、本当にありがとうございます。

家族と友人にも心からの感謝を。いつも支えてくれてありがとう。

そして、今お読みいただいているみなさま。ここまでお付き合いいただき、ありがとうございます。

海底での恋物語はお楽しみいただけましたでしょうか？　心に残る読書時間になっていたら、とても嬉しいです。

またお会いできることを願って……。

あなたの毎日に、海神様のご加護がありますように。

翔花里奈

IRIS ICHIJINSHA

じゃまもの聖王女は海神様の愛され花嫁

2024年6月1日　初版発行

著　者■翔花里奈

発行者■野内雅宏

発行所■株式会社一迅社
〒160-0022
東京都新宿区新宿3-1-13
京王新宿追分ビル5F
電話03-5312-7432(編集)
電話03-5312-6150(販売)

発売元：株式会社講談社
(講談社・一迅社)

印刷所・製本■大日本印刷株式会社

ＤＴＰ■株式会社三協美術

装　幀■今村奈緒美

ISBN978-4-7580-9642-3

この本を読んでのご意見
ご感想などをお寄せください。

おたよりの宛て先

〒160-0022
東京都新宿区新宿3-1-13
京王新宿追分ビル5F
株式会社一迅社　ノベル編集部
翔花里奈 先生・笹原亜美 先生

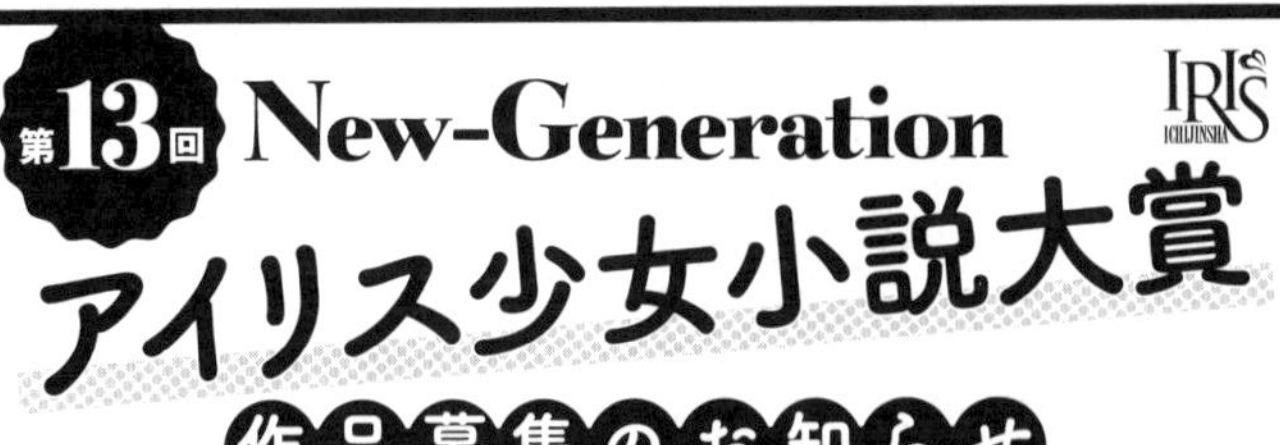

作品募集のお知らせ

一迅社文庫アイリスは、10代中心の少女に向けたエンターテイメント作品を募集します。ファンタジー、ラブロマンス、時代風小説、ミステリーなど、皆様からの新しい感性と意欲に溢れた作品をお待ちしています！

金賞	賞金	100万円	＋受賞作刊行
銀賞	賞金	20万円	＋受賞作刊行
銅賞	賞金	5万円	＋担当編集付き

応募資格 年齢・性別・プロアマ不問。作品は未発表のものに限ります。

選考 プロの作家と一迅社アイリス編集部が作品を審査します。

応募規定
●A4用紙タテ組の42字×34行の書式で、70枚以上115枚以内（400字詰原稿用紙換算で、250枚以上400枚以内）
●応募の際には原稿用紙のほか、必ず ①作品タイトル ②作品ジャンル（ファンタジー、時代風小説など） ③作品テーマ ④郵便番号・住所 ⑤氏名 ⑥ペンネーム ⑦電話番号 ⑧年齢 ⑨職業（学年） ⑩作歴（投稿歴・受賞歴） ⑪メールアドレス（所持している方に限り） ⑫あらすじ（800文字程度）を明記した別紙を同封してください。
※あらすじは、登場人物や作品の内容がネタバレも含めて最後までわかるように書いてください。
※作品タイトル、氏名、ペンネームには、必ずふりがなを付けてください。

権利他 金賞・銀賞作品は一迅社より刊行します。その作品の出版権・上映権・映像権などの諸権利はすべて一迅社に帰属し、出版に際しては当社規定の印税、または原稿使用料をお支払いします。

締め切り 2024年8月31日（当日消印有効）

原稿送付宛先 〒160-0022 東京都新宿区新宿3-1-13 京王新宿追分ビル5F
株式会社一迅社 ノベル編集部「第13回New-Generationアイリス少女小説大賞」係

※応募原稿は返却致しません。必要な原稿データは必ずご自身でバックアップ・コピーを取ってからご応募ください。※他社との二重応募は不可とします。※選考に関する問い合わせ・質問には一切応じかねます。※受賞作品については、小社発行物・媒体にて発表致します。※応募の際に頂いた名前や住所などの個人情報は、この募集に関する用途以外では使用致しません。